Artur Becker

Die Zeit der Stinte

Eine Novelle

Deutscher Taschenbuch Verlag

Das Projekt ›Die Zeit der Stinte‹
wurde von der Robert-Bosch-Stiftung gefördert.

Für Magdalena

FSC
Mix
Produktgruppe aus vorbildlich
bewirtschafteten Wäldern und
anderen kontrollierten Herkünften

Zert.-Nr. GFA-COC-1298
www.fsc.org
© 1996 Forest Stewardship Council

Der Inhalt dieses Buches wurde auf einem nach dem
Richtlinien des Forest Stewardship Council zertifizierten
Papier der Papierfabrik Munkedal gedruckt.

Originalausgabe
März 2006

www.dtv.de
Umschlagkonzept: Balk & Brumshagen
Umschlagfoto: © gettyimages/Johner
Satz: Greiner & Reichel, Köln
Gesetzt aus der Janson Text 11/13,5'
Druck & Bindung: Kösel, Krugzell
Gedruckt auf säurefreiem, chlorfrei gebleichtem Papier
Printed in Germany
ISBN-13: 978-3-432-24497-8
ISBN-10: 3-423-24497-6

»Tief in mir
Ist dein köstlicher Hügel
Tief in mir
Dein seidener Schrei«
Thomas Merton

»Ich hab das Gefühl, ich möchte am liebsten
ewig weitermachen, sagte ich.
Ich hab das Gefühl, du
kannst es auch, sagte sie.«
Charles Bukowski

Erster Teil

1

Es war die Zeit der Stinte, die durch die Weser zogen und sich vermehrten. Als Chrystian Brodd mittags mit einem Auge erwachte, war er wie erschlagen: Heute hatte sein Vater Geburtstag, am 4. April 2003, er wurde sechzig; außerdem kam es Chrystian so vor, als ob irgendjemand, der sehr mächtig sein musste, an seinem Leben herumschnipselte wie mit einer Schere. Ihm fehlten plötzlich mehr Tage und Nächte als je zuvor, und das, was blieb, war auch nicht mehr in sicherer Hand: hier am Steintor, in seinem Wohnviertel, das er auf den Namen »Klein-Brooklyn« getauft hatte – im Gegensatz zu »Klein-Manhattan«, wo sein Vater Gustaw wohnte.

Gustaw, der ältere Brodd, war Hausmeister in einem Hochhaus und instruierte aus dem Küchenfenster im Erdgeschoss die Mieter darüber, was ihnen gestattet war oder nicht. Seine wichtigsten Widersacher waren allerdings nicht die Menschen, sondern die Hunde. Dass er sie nicht mochte, lag daran, dass Chrystians Opa Johann, als er noch lebte, fast täglich irgendwelche Straßenköter nach Hause angeschleppt hatte. Allerdings war das vor langer Zeit gewesen, als sie noch in Iława wohnten, das früher Deutsch-Eylau hieß.

Chrystian hatte seinem Vater ursprünglich etwas Gutes tun wollen, ihm dann aber doch bloß eine CD von Nirvana gekauft, praktisch für sein letztes Geld, denn bis zur nächsten Überweisung vom Arbeitsamt blieben noch zweiundsiebzig Stunden. Mit Nirvana und dem Kult um Kurt Cobain hatte er nichts am Hut, doch hatte er im Supermarkt dem schwarzen CD-Cover und dem silbernen Bandlogo nicht widerstehen können. Es schmeckte so nach endgültigem Abschied von der Welt.

Dabei war ihm nach Abschied, genau genommen nach Selbstmord, gar nicht mehr zumute. Er hatte kürzlich beschlossen, sich doch nicht umzubringen, sondern lieber sein bisheriges Leben noch mal zu überdenken. Er spürte, dass es an der Zeit war, alles, was er bis jetzt gelernt hatte, über Bord zu werfen wie unnötigen Ballast.

Chrystian zog seinen schwarzen Anzug an, seinen Hochzeitsanzug. Er hatte nur den einen. Er war mittlerweile ein bisschen herausgewachsen aus diesem Anzug. Vor allem in der Breite. Am liebsten hätte er sich als katholischer Priester verkleidet, aber dafür fehlte ihm das nötige Kleingeld. Er hatte sich sogar überlegt, aus einer Sakristei eine Soutane und eine Albe Größe 54 zu stehlen, nur hatte er nicht den Mut dazu gehabt.

Als kleiner Junge hatte er dem Heiligen Bartholomäus, der in der roten Backsteinkirche in Iława thronte, geschworen, keine Sünden zu begehen, und sich für den Priesterberuf vorbereitet, indem er sich Abend für Abend, kurz vor dem Einschlafen, vorstellte, wie seine Eltern, Verwandten und Freunde die Beichte bei ihm ablegten. Ihnen Bußgebete aufzuerlegen, schien sinnlos. Sie änderten sich ja doch nie und wiederholten nur ihre Fehler. Meistens schickte er sie auf den elektrischen Stuhl, aber nur zum Aufladen, wie er es damals nannte, zum Kraft tanken. Sie sollten sich erholen und nicht verzweifeln.

Zum Geburtstag seines Vaters ging er zu Fuß. Sein alter VW Jetta war vor zwei Tagen vom Parkplatz der Universität gestohlen und noch nicht wieder gefunden worden. Am Mittwoch hatte er nämlich eine Vorlesung gehört – über den Urknall, das Ausbrennen der Sonne und den so genannten Omegapunkt (eine Art Auferstehung). Der Urknall hatte unbestritten mit ihm selbst einiges zu tun. Er hatte den Diebstahl sofort auf dem nächstliegenden Polizeirevier gemeldet.

Es waren nur wenige Fußgänger unterwegs, die Stadt lag an diesem Abend im Winterschlaf, obwohl der Frühling längst begonnen hatte. In dieser Hinsicht war Bremen wie Iława, wo er vor siebenunddreißig Jahren das Licht der Welt erblickt hatte. Dieser gesunde Bremer Schlaf beruhigte ihn ein wenig. In Hamburg oder in Berlin würde er sicher schon nach der ersten Zigarette in einer Bar oder auf der Arbeit schwer krank werden und sterben. Ein Umzug in diese Großstädte kam deshalb für ihn nicht in Frage. Dort musste man ja unentwegt wach sein wie in einem Leichenhaus. Chrystian Brodd war vieles ein Rätsel, aber eines war ihm ganz klar – die Zeit ließ sich auf keinen Fall betrügen.

Der Fahrstuhl brachte ihn in den zehnten Stock, wo er am Abend zuvor einen Blumenstrauß und die Nirvana-CD deponiert hatte. Der zehnte Stock stand leer. Die Wohnungen warteten auf neue Russen, auf Mathematiker und Ingenieure. Alle Männer in den Fünfzigern, die aus Kasachstan kamen, erzählten, sie seien Deutsche und Ingenieure. »Kaum zu glauben, dass solch ein Staat wie die Sowjetunion praktisch über Nacht zerfallen ist: Sie hatten doch so viele deutsche Ingenieure!«, erboste sich sein Vater des Öfteren.

Der Blumenstrauß war noch frisch, die CD schön eingepackt. Chrystian fuhr wieder hinunter ins Erdgeschoss und klingelte bei Brodd. Er wusste, er würde nicht nur seinen Vater sehen, sondern auch Katharina und Tobias.

Katharina Ratz und Tobias waren Chrystians Familie, seine Frau und sein Kind. Seinen fünfjährigen Sohn sah er seit Monaten nur noch zweimal die Woche. Er begleitete ihn zum Schwimmkurs, danach zu McDonald's. Alles andere hatte Katharina verboten. »Du demoralisierst mein Kind«, sagte sie.

Für Tobias hätte er jeden anderen Namen gewählt, aber mit Sicherheit nicht Tobias. Als Katharina schwanger geworden war, nannte er das Ungeborene schmunzelnd Boreas, den göttlichen Nordwind. Die Brodds waren Kinder des Nordens. Sie waren alle dort, im tiefen Norden Polens, geboren. Warum sollte sein Kind nicht auch so heißen wie das Land seiner Väter? Wenn er betrunken war, behauptete Chrystian sogar, sie wären Nachkommen der sagenhaften Hyperboreer.

Man öffnete Chrystian die Tür, und er trat in den menschenüberfüllten Flur. Niemand schenkte ihm Beachtung, bis sein Vater erschien – ein hagerer Mann mit einem Tatarenschnurrbart. Chrystian überreichte ihm die Geschenke – sechzig holländische Tulpen und die Nirvana-CD –, küsste ihn auf die linke Wange und wünschte ihm ein gesegnetes Hausmeisterleben. Seltsam, dass in dem ganzen Hochhaus keine einzige polnische Familie wohnte. Dafür wimmelte es von Kasachen, Türken und Deutschen. Wo waren seine Landsleute? Aber er kannte die Antwort: Sie waren in Polen, in Hannover und in Chikago.

Chrystians Hochzeitsanzug hatte genau die erhoffte Wirkung: Er, der Herr Magister, wollte endlich ernst genommen werden, in seiner ganzen Metamorphose. Sein Vater fragte: »Willst du Katharina noch einmal zum Altar führen?«

Und Chrystians russischer Freund Michail, der mit einer Schüssel heißem, dampfendem Gulasch aus der Küche kam, blieb im Flur stehen und grinste: »Wir kennen uns! Ich hab Sie schon mal irgendwo gesehen. War das nicht auf dieser Hochzeit von meinem besten Kumpel?«

»Kann sein! Sie sind mir auch nicht fremd, Towarischtsch Putin!«

Dann sah er Katharina in Cordhose und weißer Bluse. Sie war Michail dicht auf den Fersen. Sie hatte sich ihre blonden Haare auf Schulterlänge schneiden lassen. Die neue Frisur machte sie um Jahre jünger. Ihre blauen Augen leuchteten wie Skandinavien. Sie trug einen Teller gebratener und in Essig eingelegter Stinte.

Ehe sie im Wohnzimmer verschwand, drehte sie sich für Sekunden um und schüttelte den Kopf. »Ich bin nicht den Tränen nahe, falls du das glaubst«, sagte sie. »Was soll dieses dämliche Outfit? Willst du mich damit quälen?« Sie wartete seine Antwort nicht ab.

Boreas saß unter dem Küchentisch und nahm den Werkzeugkasten seines Opas auseinander. Chrystian kroch zu ihm hinunter und gab ihm einen Papakuss.

»Was hast du mir mitgebracht?«, fragte der Junge.

»Mich und das hier«, antwortete Chrystian und zog eine Mundharmonika aus der Innentasche des Anzugs hervor.

»Die ist ja aus Plastik.«

»Eine echte, so eine von den Zigeunern, kriegst du, wenn du groß bist!«, versprach Chrystian.

Gustaws kasachische Nachbarn tranken Wodka mit Cola. Zumindest die jungen Leute. Der Westen hatte ihnen den letzten Funken Verstand geraubt, fand der Alte. Die Deutschen seien entschuldigt, sie seien geborene Mischmaschtrinker. Aber Wodka mit Cola? Entsetzlich! Eine Schande. Die alten Männer, die Ingenieure, waren von dieser Schande Gott sei Dank unberührt und hielten in ihren Händen klassische 50-Gramm-Gläser.

Chrystians ostdeutscher Freund Rudi, der Maler, dem das Café »Hering« gehörte, war auch da. Sein Bass war nicht zu überhören. Er erzählte immer wieder ein und dieselbe Geschichte, die ganz Bremen kannte: Er wäre Rainer Werner Fassbinders persönlicher Kokslieferant gewesen.

Sein Adjutant und Regieassistent. Rudi war vierundfünfzig, kräftig, untersetzt und trug die Haare rasiert. Er kleidete sich in karierte Hosen und gefranste Sakkos aus Manchester und sprach sieben Sprachen, zumindest laut eigenem Bekunden. Chrystian hatte ihn vier sprechen hören, und das war auch schon viel.

Bevor Rudi Cafébesitzer wurde, war er einige Jahre im Ausland gewesen – auf einer langen Weltreise. Gleich bei ihrer ersten Begegnung hatte er Chrystian auf den Kopf zugesagt: »Angst essen Seele auf! Du bist ein Angsthase, Brodd! Glaub mir! Ich kann es riechen!«

Rudi hatte sich von Anfang an wie der Boss aufgeführt, und Chrystian fürchtete immer, von seinem Freund versklavt zu werden – im Namen der Freundschaft. Er hatte sogar erwogen, zu einem Therapeuten zu gehen, und zwar gleich nach ihrem ersten Gespräch: »Zum Psychiater? Hahaha!«, hatte Rudi gegrölt. »Mir brauchst du kein Honorar zu zahlen! Ich werde deine Seele in Stücke reißen und die Fetzen wieder zusammennähen. Du wirst ein Gigant der menschlichen Seele wie der Starez Sossima!«

Aber die Angst saß Chrystian weiter im Nacken. Sie war unbeweglich, still, gemein. Ein Stein auf dem Stein, und darunter noch ein Stein und noch einer. Die größte Angst hatte er vor sich selbst. Warum war er, Chrystian Brodd, nicht ein kleiner Stint geworden? Ein goldener, namenloser Hering. Die zweite Angst hatte er davor, durch die Trennung von Katharina seinen Sohn zu verlieren. Die dritte vor dem Geld, das man für die Kleiderschränke verdienen musste. Und die letzte vor der Erde, in der man eines Tages seine Knochen begraben würde. Wo war der Himmel, das versprochene Jerusalem, Chrystian? Wo? Auf Erden? Da quälten doch Millionen einander, entweder in den eigenen vier Wänden oder auf Inseln, im Rotlichtviertel von Amsterdam oder auf Ko Samui, wo sich Rudi jeden Sommer aufhielt.

Rudi erprobte gerade sein Russisch an den Kasachen, wobei »die Rache Chruschtschows«, ein russischer PKW namens Zaporożec, das Hauptthema war, als Chrystian mit einer Dose Jever hinzukam: Das Wohnzimmer war proppenvoll, und es gab einen prominenten Gast – einen Wodka, der Jelzin genannt wurde.

Michail vertrug die harten Sachen nicht; sobald er ein Gläschen getrunken hatte, wuchs ihm an der Stirn oder am Hals ein Furunkel, der chirurgisch entfernt werden musste. Er war ein schmächtiger Typ, spindeldürr und knochig. Er litt an Rheumatismus.

Chrystian setzte sich zu Michail und begrüßte ihn mit zwei Wangenküssen.

Boreas hatte sich mit einer Spielkameradin, der Tochter einer Nachbarin aus dem dritten Stock, ins Schlafzimmer verzogen, und Katharina wäre ihrem Jungen am liebsten gefolgt, jedenfalls wenn sie Michail hätte mitnehmen können, den sie vergeblich für das Gesprächsthema Kindererziehung zu gewinnen versuchte. Obwohl sie eigentlich Diplombetriebswirtin war, arbeitete sie als Bürokraft in der Verwaltung der Universität. Ein bombensicherer Job.

Michail stammte aus Kiew. Er studierte im vierzehnten Semester Sport und Politik. Er hatte in seinem Zimmer in

Klein-Brooklyn *einen heiligen Schrank* stehen, einen *schkaf*, der schwarz lackiert war. Darin bewahrte er Räucherstäbchen und Schälchen mit duftendem Öl auf. Er öffnete ihn nur zum Beten und Meditieren.

Michail war außerdem Fotograf. Er fotografierte keine Menschen. Er war von kaputten Fernsehern und Radios aus den Siebzigern und Achtzigern fasziniert. Er machte auch Fotos von leeren Straßenbahnen, Nachtaufnahmen. Rudi war der einzige Mensch, den er auf einem Negativ festgehalten hatte: Zu sehen war sein kahl geschorener Kopf vor dem Hintergrund einer grauen Mauer. Das Porträt hieß: »Rudi, der Regieassistent von Rainer Werner Fassbinder.« Es war ein gelungenes Porträt. Es hing über Chrystians Etagenbett. Katharina hatte es ihm zu Weihnachten geschenkt, als ihre Ehe noch intakt war, *sexy*, wie sie heute sagte. Nicht schmutzig. Leer. Der Bruch kam unerwartet, zumindest für Chrystian. Die Seitensprünge hatten sie einander schnell verzeihen können, aber dass Chrystian nächtelang nicht zu Hause war, immer wieder ohne jeglichen Grund verschwand, war zu viel des Guten gewesen.

Während des Studiums in den Neunzigern hatte er kein BAföG bekommen. Er schlug sich durch, von Job zu Job, arbeitete acht Stunden am Tag. Ging auf die Jagd – wie er das damals nannte –, streckte mit einem Pfeil ein Wild nieder, schleppte es nach Hause, und alle wurden satt.

Als Chrystian seine Stelle als Versicherungsvertreter verlor, nach genau vierundzwanzig Monaten und im selben Jahr, in dem er seinen Magisterabschluss in Geschichte und Politik gemacht hatte, wurde er zum streunenden

Hund. Das war sein Millenniumswechsel. Ziellos lief er durch Klein-Brooklyn, aß in türkischen Restaurants und sprach mit sich selbst. Es gab nur zwei Möglichkeiten. Entweder musste er umschulen oder in Rudis Café kellnern.

Chrystians Mutter hatte sich für ihre Familie aufgeopfert. Sie lebte schon seit zwei Jahren nicht mehr. Es war ein Unfall. Sie war die Kellertreppe hinuntergestürzt und hatte sich das Genick gebrochen, dazu noch an Vater Brodds Geburtstag. Man fand sie auf dem Rücken liegend neben einem Schlitten und einer Lidl-Tüte, aus der Kartoffeln auf den Boden gerollt waren.

»Und jetzt wollen wir auf meine selige Danusia anstoßen«, sagte Gustaw.

Er wischte sich mit dem rechten Ärmel drei kleine Tränen von den Augen und fuhr fort: »Liebe Gäste! Ich bin ein stolzer Vater und Opa – obwohl mein Sohn vom Kapitalismus nichts begriffen hat. Vielleicht ist es sogar besser, dass sich meine liebe Danusia nicht anschauen muss, was aus unserem Sprössling geworden ist. Ein überqualifizierter Bengel, der kein Geld verdient. Als ich vor dreiundzwanzig Jahren mit meiner Familie nach Deutschland kam, 1980, war das hier noch ein Paradies. Keine Ausländer, ein paar Türken vielleicht, und selbst die wurden überall gut behandelt. Bei der Gewoba hat man mir nicht nur eine Wohnung, sondern auch gleich eine Stelle angeboten. In Iława war ich Mitbegründer der antikommunistischen Widerstandsbewegung KOR. Für mich als geborenen Gewerkschaftler wurde die Gewoba schnell mein zweites

Zuhause. Oder erstes. Beides ist in der Dialektik möglich, das wisst ihr, zumal viele von euch Marxisten gewesen sind, und das ist noch gar nicht so lange her. Aber der Kapitalismus hat aus meinem einzigen Sohn kein gefräßiges Raubtier gemacht. Ich hoffte, er würde anders werden als sein Vater. Stattdessen verkriecht er sich in seinen Büchern und hat nichts zu beißen. Ich will nur sagen, dass ich noch stark bin und kämpfen kann! Wenn es sein muss, werde ich wieder kämpfen! Für euch alle! Möge euch mein sechzigster Geburtstag lange im Gedächtnis bleiben!«

Als alle klatschten und das Hoch-soll-er-leben auf Polnisch, Russisch und Deutsch abgesungen hatten, legte Gustaw Brodd die Nirvana-CD ein. Die Stereoanlage von Philips war längst abbezahlt, der Kino-Sound gewaltig, als der erste Song aus den Boxen herausgeschossen kam.

»Na ja«, sagte der Vater. »Diese Bettelmusikanten aus Amerika. Das sind schlechte Klezmer! Du kennst doch meinen Geschmack!« Seit Danusia tot war, kaufte er sich meistens CDs von blutjungen Popsängerinnen aus Südamerika.

Gustaw hatte zu seinem Sechzigsten eine Postkarte von seinem Bruder Erwin aus Masuren bekommen. Er hielt sie Chrystian hin: »Lies mal. Aber behalt es für dich.«

Erwin, der Rentner, war Förster gewesen und lebte allein in einem Haus am Stadtrand von Iława. Einmal im Jahr besuchte er seinen Bruder in Bremen, zu Weihnachten oder zu Ostern. Er schrieb, dass er einen Brief aus New York erhalten habe, von einer gewissen Mona Juchelka.

»Und? Wer ist diese Frau?«, fragte Chrystian.

Sein Vater sank auf den Stuhl. Sein Gesicht wurde blass. »Ich weiß es nicht …«, murmelte er.

Gustaws Etagennachbar Krüger, einer der wolgadeutschen Ingenieure aus Kasachstan, der in der ehemaligen UdSSR in einem Kernkraftwerk beschäftigt gewesen war, blickte ihn an und sagte: »Towarischtsch Brodd! Was ist mit dir?« Krüger war einer der letzten Gäste.

»Nichts, lieber Freund. Nichts.«

Der letzte Schluck Jelzin hatte Gustaw die Zunge gelöst. Er schaute sich die Postkarte an und begann zu erzählen: »Juchelka! So hieß der Mann aus New York, der 1947 mit zwei Freunden und einem Flugboot auf dem Geserichsee landete. Die drei Männer, ehemalige Häftlinge aus dem Konzentrationslager Stutthof, purzelten aus dem Himmel, um den Gutsbesitzer Richard Schmidtke hinzurichten. Er hatte 1942 auf seinem Hof ein Außenlager, ein kleines Gefängnis in der Scheune, eingerichtet – für Juden, Polen, Litauer und Russen aus dem Baltikum, die nach Stutthof abtransportiert werden sollten. Die SS hat ihn fürstlich entlohnt! Mein Bruder Erwin war damals sieben Jahre alt. Er kann sich noch an alles erinnern. Und unser Vater Johann floh in den Wald, als der Juchelka und die beiden anderen auf dem Hof von Schmidtke erschienen. Johann hatte Angst, dass sie ihn auch umbringen würden. Er hat sich ganz unnötig Sorgen gemacht. Er war bei Schmidtke als Koch und Knecht angestellt. Die Häftlinge kriegten einmal am Tag eine warme Rübensuppe. Wir Brodds brauchen uns nichts vorzuwerfen. Unser Gewissen ist rein.

Aber was diese Frau von uns will, die meinem Erwin einen Brief geschrieben hat, würde ich gerne erfahren!«

Von den Gästen waren nur noch Rudi, Michail und Krüger da. Die Schüssel mit dem Gulasch, die Wurstplatten vom schlesischen Metzger Mikolaj und die marinierten Stinte waren längst abgeräumt. Die Tischdecke war voller Flecken und Zigarettenasche.

Katharina entschied, dass sie mit Boreas bei Opa übernachten würde. Es war Freitag, sie konnten am nächsten Tag ausschlafen. Chrystian sagte, er würde noch ein Stündchen aufbleiben, danach käme er zu ihr. Katharina erwiderte knapp: »Du weißt ja, dass ich nur wegen Boreas diesen Zirkus hier mitmache. Und wage es nicht, mich zu berühren. Du pennst auf der Matratze!«

2

Am Dienstag der folgenden Woche war Chrystian wieder unterwegs. Während alle an diesem frühen Nachmittag in ihren Büros hockten oder am Fließband die neuen Modelle von Mercedes zusammenschraubten, ging er ins Café »Hering«.

Es war inzwischen einiges passiert.

Am Morgen hatte ihn die Polizei angerufen. Sein VW stünde auf dem großen Parkplatz vor der Stadthalle. Unbeschädigt und fahrbereit. Er hatte den Polizisten seinen Ausweis und den Fahrzeugschein zeigen müssen und durfte wegfahren. Die Diebe hatten mit seinem VW fast neunhundert Kilometer zurückgelegt! Aber sonst war der Wagen in Ordnung und das trotz seines hohen Alters. Sogar der Tank war halbvoll. Fehlte noch eine Visitenkarte im Stil des Arsène Lupin: Hochachtungsvoll, Ihr ergebenster Bewunderer und Diener!

Und er hatte einen Job. Ein Altersheim suchte seit Wochen eine Nachtwache – Schwangerschaftsvertretung. Das war seine Stelle. Seine Arbeitszeugnisse waren tadellos. Er besaß einen Ordner mit einem ganzen Haufen von Arbeitsverträgen und -zeugnissen aus dem Studium.

Er hatte viel zu lange von einer Doktorandenstelle geträumt und dabei etwas Wesentliches übersehen: dass er gar kein Lehrer werden wollte.

Seine Mutter war Lehrerin gewesen, eine gute Lehrerin der Hauptschule Nr. 4 in Iława. In den Pausen, wenn sie Aufsicht hatte, galt ihre größte Sorge dem eigenen Sohn, der sich schon mal mit einer an der Schnur befestigten Schraube die Vorderzähne ausschlug oder die Mädchentoilette unter Wasser setzte.

Als Nachtwache würde er finanziell in jeder Hinsicht besser abschneiden als eine ungelernte Tageskraft. Die Nachtwachen wurden immer gut bezahlt. Nachdem er drei Nächte lang hospitiert hatte, wurde er ins Büro der Heimleiterin, einer frigiden Fünfzigerin im karierten Karstadt-Mode-Kostüm, gebeten, um den Vertrag zu unterschreiben. Michails Cousine Lena legte für Chrystian ein gutes Wort ein – schließlich war sie die Schwangere, die bald in den Mutterschutz ging. Sein Dienst sollte am 1. Juni anfangen. Bis dahin hatte er fast zwei Monate Zeit.

Als er nach der Geburtstagsfeier seines Vaters zu seiner Frau und seinem Sohn ins Zimmer gekommen war, hatte Katharina noch nicht geschlafen. Sie hatte aus seiner Matratze die Luft rausgelassen und ihm angedroht, den Scheidungstermin zu verschieben.

Aber warum sollte er auf einmal verschoben werden, dieser verfluchte Termin? Wegen des Sorgerechtes für Boreas? Hatte sich Katharina einen Rechtsanwalt genommen? Die Scheidung war doch beschlossene Sache.

Die unheimlichste Neuigkeit aber war, dass er Besuch aus Übersee kriegen sollte! Und zwar von dieser Mona Juchelka, von der Onkel Erwin auf seiner Postkarte schrieb. Sie hatte am Wochenende überraschend angerufen und gebeten, sie vom Flughafen abzuholen.

Wer es schaffte, die Brodds unter sechs Milliarden von Individuen ausfindig zu machen, musste einen wichtigen Grund dafür haben. Chrystians Vater meinte, Frau Juchelka hätte an ihn ein paar Fragen zu Richard Schmidtkes Außenlager. Es würde nicht lange dauern, sie sei eine Journalistin und auf der Durchreise nach Leipzig. »Ich werde ihr schon zeigen, wo der Pfeffer wächst!«, hatte der Vater getönt. »Wir sind anständige Leute! Wir haben nichts zu verbergen! Und ich hole sie nicht ab, diese Aufgabe übernimmst du, Chrys! So etwas hab ich nicht nötig, mich auf Flughäfen herumzutreiben, auf der Lauer, wie ein Spion!«

Mitten in Rudis Café führte eine eiserne Wendeltreppe ins obere Stockwerk hinauf. Dort stellten von Rudi ausgewählte Künstler ihre Arbeiten aus. Das Ganze hieß »Galerie Klappstuhl«.

»Ein Wasser mit Zitrone und Eiswürfel bitte, Rudi«, rief Chrystian, als er das leere Café betrat und sich an einen Tisch am Fenster setzte. »Ich hab jetzt eine Trockenphase.«

Rudi war ein unverbesserlicher Achtundsechzigertyp. Er bewahrte bei allem, was er unternahm, Anstand und war durchaus fähig, Respekt zu zeigen, wenn es darauf ankam. Außerdem ließ er sich nie, wie er es ausdrückte, in die Pfanne hauen: »Mein Arsch gehört nur mir!«, erzählte er Chrystian einmal bei einem Glas Budweiser. »Kunst ist unbestechlich. Entweder Kunst oder Familie und Geld. Beides funktioniert nicht. Ich male, wie ich sterben werde. Einsam. Das kapierst du Brodd nicht. Du gräbst andauernd im Vergangenen. Im Müll. Das ist zwar der Beruf des Historikers, Herr Magister, aber mehr nicht. Meine erste Ausstellung in Frankfurt hat mein Namensvetter Dutschke eröffnet. Eigentlich sollte ich darauf stolz sein.«

Chrystian schlug die Tageszeitung auf und steckte sich eine Camel an. Neben dem Sportteil las er gerne die Kontaktanzeigen, aus reinem Voyeurismus. Er hatte noch nie jemanden gefunden, der zu ihm passen könnte – unabhängig von Geschlecht, Hautfarbe und sexueller Neigung.

»Wann malst du mir endlich den Chagall, den du mir vor einem Jahr versprochen hast, zur Feier der Trennung von Katharina?«, fragte er, als ihm Rudi das Wasser servierte. »Du kannst ihn an die Wand im Balkonzimmer pinseln.«

»Kannst du dir das leisten?«, amüsierte sich Rudi. »Ich bin teuer. Und nicht schlechter als mein Kollege Corneli.«

»Was wird es kosten?«

Rudi wischte hinterm Tresen die Budweiser-Gläser mit einem Geschirrtuch trocken und drehte die Stereoanlage auf: »Kennst du das?«, fragte er, als Chrystian mit den Fingern in seinem Portemonnaie herumstocherte. »Terry Callier – großartiger Soul. Und behalt deine Münzen, es geht aufs Haus.«

Chrystian rannte zu seinem VW, er stand ausnahmsweise dort, wo er ihn geparkt hatte, in einer Seitenstraße. Niemand bestiehlt Chrystian Brodd!, sprach er zu sich selbst, niemand kann ihn betrügen oder gar beseitigen wie einen unbequem gewordenen Gauner oder Staatsmann!

Dann, als er das Lenkrad mit beiden Händen anfasste – der Motor lief bereits –, spürte er ein heißes Stechen in der Brust. Ihm wurde plötzlich kalt, und der unvermeidliche Schweißausbruch kam gleich hinterher. Der Schwächeanfall dauerte immer nur wenige Sekunden, aber danach war er erschöpft, als hätte er schwere, körperliche Arbeit geleistet. Er blieb im Auto sitzen, kurbelte das Fenster herunter und atmete tief durch. Die Sonne war plötzlich verschwunden, Bremen versank und wogte im Dämmerlicht.

Er fuhr erst los, als das Stechen in der Brust ganz aufgehört hatte und die Sonne wieder auftauchte, doch er hatte sich schon daran gewöhnt – an das langsame, aberwitzige Sterben.

Chrystians Wohnung, Vor dem Steintor 184, war so klein wie ein Schuhkarton. Immerhin hatte sie einen Balkon, auf dem er im Sommer mit Rudi und Michail grillte. Das Mietshaus stammte aus dem Anfang des 20. Jahrhunderts. Es war im Krieg nicht zerbombt worden, obwohl es zum alten Stadtkern gehörte. Es hatte gesunde Mauern, hohe Decken und kaputte Heizkörper, die singen und pfeifen konnten.

Chrystian wohnte im dritten Stock. Aus den Fenstern blickte er auf einen Innenhof mit den Hängenden Gärten der Semiramis. In einem Zimmer schlief er, sah fern und kochte, im anderen waren seine Garderobe, der Schreibtisch und das Bücherregal untergebracht.

Zu Hause angekommen, nach dem Einkauf im Supermarkt, um 16 Uhr, duschte er und zog sich um: eine Jeans, ein rosa Hemd, schwarze Halbschuhe mit Vier-Zentimeter-Absätzen, das Leder poliert mit Wasser abweisender Creme. Dann griff er zu einem Filzstift und schrieb auf ein DIN-A4-Blatt: Mona Juchelka. Er würde das Papier vor die Brust halten, wie all die anderen, die auf Gäste aus Amerika warteten.

Der Besuch hatte gesagt, dass er um 19 Uhr aus Zürich ankommen würde, aber die Beschreibung der Person, die er von seinem Vater erhalten hatte, war so gut wie unbrauchbar: Ein polizeiliches Fahndungsfoto, passend zu jeder Fratze.

Auf dem Weg zum Auto schaute Chrystian in der Mathildenstraße vorbei, aber Michail war nicht da. Der Schweinehund. Nicht da.

Am Flughafen in der Ankunftshalle war der Teufel los. Eine Fußballmannschaft gab Autogramme. Eine Stewardess fiel einem Mann mit Bart in die Arme. Er fasste ihr an den Hintern und küsste sie dabei auf die Lippen. Ein Mann im Pelzmantel, der auf dem Kopf eine Baseballmütze und im Mund einen fetten, kalten Zigarrenstummel hatte, kam in Sicht und wurde von einem Rentnerehepaar in Empfang genommen, das Englisch sprach.

Frau Juchelka war Chrystians erster Gast aus Übersee, und so bemühte er sich, locker und witzig zu sein, was ihm gleich bei der Begrüßung vollkommen misslang, als er sagte: »Perfekt – Sie sehen perfekt aus.«

»Wie bitte?«, bekam er zu hören.

Die teuer gekleidete, junge Frau, die schnurstracks auf ihn zugelaufen war, drehte sich auf dem Stöckelabsatz um, und er verlor sie aus den Augen.

Chrystian wartete noch eine Weile, aber nichts geschah. Schließlich zerriss er das Blatt Papier, das er so sorgfältig zu Hause beschriftet hatte.

Du Trottel, jetzt fährst du nach Hause. Er spuckte den Kaugummi aus, zündete sich eine neue Camel an und verließ die Ankunftshalle. Jetzt kann ich riechen, wie ich will.

Am Taxistand hatte sich eine Schlange gebildet. Chrystian inhalierte den Rauch in die Lunge, kratzte sich am Kinn und war sich noch unschlüssig, ob er wirklich abhauen sollte.

»Herr Brodd?«, hörte er hinter seinem Rücken. »Sind Sie Herr Brodd?«

Er wandte sich um und antwortete: »Nein, ich bin der Priester vom Steintor. Und wer sind Sie?«

»Mona Juchelka. Aber wo ist Ihr Vater? Haben wir einander verpasst?«, fragte die Frau.

»Nein, nein, er schickt mich, ich bringe Sie zu ihm. Schön. Jetzt sind wir aber hier und reden erst einmal miteinander. Wie haben Sie mich überhaupt erkannt?«

»Dank eines hübschen Fotos.«

»Was? Das müssen Sie mir noch erklären! Ich bin doch kein Idiot! Ich war die ganze Zeit in der Ankunftshalle, hab gewartet, mit dem Zettel vor der Brust, darauf stand Ihr Name, ganz groß, nicht zu übersehen! Und wo waren Sie?«

»Sorry, aber mein Gepäck kam auf dem Band als letztes.«

Sie trug Turnschuhe und einen Jogginganzug, und er hasste Turnschuhe. Rudi hatte vor kurzem an die Wände seines Cafés zwanzig Karten geklebt: »Turnschuhe und Jogginganzüge sind aus ästhetischen Gründen unerwünscht – gezeichnet R. Z.«

Sie sieht aus wie eine russische Zigarettenschmugglerin, dachte Chrystian. Nein, ihre Turnschuhe von Nike sind wunderschön, und weiß Gott, sie ist allerhöchstens fünfundzwanzig.

Mona Juchelka hatte schmale Lippen. Ihr Haar war gewellt, rostfarben und kurz. Sie hatte nur eine Umhängetasche und einen Samsonite-Aluminiumkoffer auf Rollen mit, der allerdings riesig war.

Er sah in ihre Augen, die ihm an diesem Abend hellbraun schienen. »Gehen wir?«, fragte er, und sie schwieg. Sie ließ sich den schweren Koffer nicht abnehmen, sie war hartnäckig.

»Und bitte: keine Angst!«, sagte sie im Auto, als sie das Parkhaus verließen. »Ich werde nicht lange in Bremen bleiben. Mir geht es nur um ein paar Fragen, auf die Ihr Vater bestimmt interessante Antworten weiß. Ich hab mir ein Hotelzimmer reserviert, und morgen fahre ich nach Leipzig, wie ich's am Telefon gesagt hab.«

Ihre Hände steckten in der Umhängetasche, die sie auf dem Schoß hielt. Sie raschelte mit kleinen Plastiktütchen, in die sie ihre persönlichen Utensilien gewickelt hatte: das Handy, das Portemonnaie, den Pass, die Hausschlüssel, die Schminksachen, die Kugelschreiber und den Kalender. Sie wühlte in diesem Chaos, als hätte sie etwas verloren.

»Haben Sie noch eine Zigarette?«, fragte sie.

»Diese Plastiktüten, was hat das zu bedeuten?«

»Reine Vorsichtsmaßnahme. Wenn das Flugzeug überm Atlantik abstürzt...« Sie sprach den Satz nicht zu Ende, als fürchtete sie, sich zu blamieren. Das Rascheln in ihrer Umhängetasche hörte nicht auf. »Fliegen *Sie* gern?«

»Nein«, sagte Chrystian. »Und ich hab meine Camels weggeraucht. Halten Sie es aus? Wir sind gleich da!«

»Ich bin das erste Mal in Europa«, sagte sie.

»Sie haben nichts verpasst. Ihr Deutsch ist aber ungewöhnlich... schön«, sagte er leise, um seine Verunsicherung zu kaschieren.

»Meine Mutter hat's mir beigebracht. Sie war siebzehn, als sie Anfang der Sechziger aus Deutschland nach Amerika auswanderte – mit ihrem Onkel mütterlicherseits, der als Einziger aus ihrer Verwandtschaft den Holocaust überlebt hat. Die Tochter meines Opas war von den Toten auferstanden! Und ich bin Germanistin.«

»Ich wurde auch woanders geboren.«

»Ach ja? Das weiß ich. Und Ihr Vater braucht sich über meinen Anruf nicht zu wundern. Ich hab seine Familie mit Hilfe der Mormonen aus Salt Lake City gesucht. Es war ganz einfach. Die wissen mehr als das Pentagon und der CIA. Und jetzt hab ich Hunger. Sie auch? Ich hab Sie wirklich sofort erkannt, als Sie am Taxistand hin- und herschritten. Ich hab Ihr Foto aus dem Internet, und auch die Telefonnummer von Ihrem Vater.«

»Die Webmaster haben vor nichts Achtung. Aber einen Zopf und einen Schnurrbart und eine Jeansjacke tragen mindestens eine Million Männer.«

»Ja, aber Ihr Gesicht ähnelt erstaunlich dem von Johnny Depp, insofern war es ganz leicht.«

»Nur wir sind hier nicht an der kalifornischen Küste, sondern in Bremen, das muss Ihnen doch sonnenklar sein, und ich heiße ...«

Wahrscheinlich handelte es sich bei dem »hübschen« Foto aus dem Internet um eine Aufnahme aus New York, wo Chrystian als Student an der NYU ein Praktikum absolviert hatte. Er erinnerte sich augenblicklich an das Gesicht einer etwa sechzigjährigen Mexikanerin aus dem südlichen WTC-Turm. Sie hatte Boreas an einem sonnigen Morgen auf den Aussichtsterrassen, die zu neunzig Prozent von japanischen und deutschen Touristen besetzt waren, ein Plastikmodell der Freiheitsstatue für fünf Dollar verkauft.

Die Wahrscheinlichkeit, dass die Souvenirverkäuferin noch lebte, war groß. Er dachte: Onkelchen Stalin hat mindestens dreihunderttausend Menschen aus der Ukraine nach Sibirien verschleppen lassen, für die niemand eine Kerze anzündet und deren Visagen von niemandem mehr aus dem Gedächtnis beschrieben werden können. Und Schmidtke? Und die anderen unbekannten Gräber in der Alt-Christburg?

Oder war Mona Juchelka auf sein altes Foto aus der Zeit gestoßen, als er noch im Tischtennisverein spielte?

»Was wollen Sie eigentlich von meinem Vater?«, fragte er, als sie in Klein-Brooklyn ankamen.

»Ich möchte meine Familiengeschichte recherchieren. Sie ist eine Fundgrube – wie unser jüdischer Nachname. Ich will auch nach Polen fliegen, nach Deutsch-Eylau und zu Ihrem Onkel. In Leipzig bleibe ich nur zwei Monate.«

»Hm. Sie haben sich viel vorgenommen …«, sagte Chrystian zaudernd. »So 'ne Reise nach Europa scheint mir vollkommen grotesk: Auf den Schiefen Turm von Pisa klettern und Fotos schießen …«

»Vielleicht sind Sie auch Jude?«

»Wie Ihr Großvater, der angeblich den Schmidtke, den Henkersknecht, abgemurkst haben soll?«

»Gerald Juchelka und Richard Schmidtke sind aber keine erfundenen Figuren. Ihre Geschichte ist wahr.«

Ihm wurde klar, dass er einen großen Fehler begangen hatte. Den Karton mit seinen Büchern, den er nach seiner Magisterprüfung vor drei Jahren im Keller verstaut hatte, würde er zurückholen müssen. Chrystian musste sich wieder mit seiner Vergangenheit auseinandersetzen, und das war so, als würde einer auf dem Autoschrottplatz nach einem heilen Rückspiegel suchen.

Die junge Journalistin war immun gegen Diätvorschläge aus den Frauenzeitschriften, und ihr Hintern und ihre Brüste waren trotzdem fest. Na gut, die ganze Wahrheit würde er erfahren, wenn sie den Jogginganzug gegen einen Rock und eine Bluse wechseln würde. Ihre Ohren waren ein bisschen zu klein, und Frauen mit kleinen Ohren, wie sein Vater zu sagen pflegte, waren zickig und ein wenig schwer von Begriff, aber auf Mona Juchelka traf diese Beschreibung offenbar nicht zu.

»Was machen Sie von Beruf?«, fragte die Frau. »Sind Sie wirklich Priester?«

»Ich dachte, die Mormonen hätten Ihnen meine Akte zukommen lassen.«

Er versuchte, seinen Werdegang möglichst knapp zu gestalten. Als Erstes rückte er damit heraus, dass er allein lebte, aber immer noch verheiratet war. Zum Schluss sagte er: »Ich liebe Katharina nicht mehr.«

Mona zuckte auf dem Beifahrersitz zusammen und fragte: »Und sie?«

»Ich weiß nicht. Sie muss mich hassen. Sie sagt, ich hätte ihr die besten Jahre gestohlen. Sie ist dreiunddreißig.«

Chrystians Mietshaus sah von außen gar nicht aus wie eine Bleibe für Verrückte, Junkies, Kranke, Drogendealer, Kassiererinnen, Studenten, Elektriker, Nutten, Arbeitslose und junge Familien mit Kindern. Die Fassade war im vergangenen Sommer neu gestrichen worden.

Er fand mit viel Glück eine Parklücke.

»Willkommen in der BRD«, sagte er, als er den Samsonite aus dem VW zerrte und vor Mona abstellte. »Scheiße! Ich bin heute so kopflos. Ich sollte Sie doch zu meinem Vater bringen! Bitte steigen Sie wieder ein!«

3

In der Nacht wachte er auf. Er hatte Kopfschmerzen und seine Nase war verstopft. Er stand auf und schluckte ein Aspirin. Er dachte an Mona Juchelka und fragte sich, was Gustaw ihr gestern wohl erzählt haben mochte. Dann holte er den Karton mit den Büchern aus dem Keller zurück – nur in Unterhemd und Boxershorts, wie ein Gespenst.

Eine Stunde später – es war 3 Uhr morgens – bimmelte sein Nokia mit der Toccata von Bach, tutu-tu, tu-tu. Rudi, der sehr aufgeregt war, kündigte ihm an, er habe einen Chagall entworfen und würde jetzt mit der Skizze vorbeikommen. Die Idee sei genial und müsse sofort verwirklicht werden.

Chrystian gelang es mit Mühe, Rudis Adrenalinpegel ein bisschen herabzudrücken, aber ganz mochte der Künstler nicht auf den Besuch verzichten: »Ich lass mich doch von dir nicht abwimmeln, gleich nach dem Frühstück stehe ich bei dir auf der Matte«, hatte Rudi gesagt, bevor er auflegte.

Die restliche Nacht war kurz. Er dachte wieder an den gestrigen Tag. Er war bei dem Gespräch mit Gustaw nicht dabei gewesen, sein Vater hatte erklärt, das regle ich schon alleine, und ihn in die Küche geschickt.

Danach hatte Chrystian die junge Journalistin zu ihrem Hotel kutschiert. Sie erzählte ihm, dass ihr Opa, der besagte Gerald Juchelka, in Amerika eine Karriere als Immobilienmakler gemacht hätte. Er sei Anfang der Achtziger verstorben. Ihre Familie sei wohlhabend, bis zum heutigen Tag, und ihr älterer Bruder würde bald die Geschäfte übernehmen.

Als Chrystian wieder allein war, hatte er sofort bei seinem Vater angerufen, um zu erfahren, was die Frau aus New York denn gewollt hätte. Er hatte allerdings spärliche Antworten zu hören bekommen, auf die er sich keinen Reim machen konnte. Ja, ihr hätte die Geschichte mit dem Floß gefallen, das Erwin gebaut hatte, als sie beide noch kleine Jungs waren.

»Aber was wollte sie?«

»Na nichts! Ich hab ihr aufgezeichnet, wo das Haus von Erwin steht, damit sie es in Iława findet. Soll er sich doch mit ihr plagen! Was machst du dir bloß für Sorgen? Und vergiss eines nicht: Du kennst ihre wahren Absichten nicht. Also, halt dich bloß von dieser Frau fern!«

»Papa! Sei so gut und diktiere mir nicht, was ich zu tun habe.«

Chrystian schlief wieder ein, wachte aber gleich wieder auf, und in diesem Rhythmus ging es weiter, bis es draußen hell wurde. Er sah in seinen Träumen den Geserichsee und das Flugboot im grauen Nebel landen. Gerald Juchelkas Kameraden aus dem KZ, zwei Litauer, schwiegen, als sie den Anker ins Wasser ließen. Gerald hatte einen Strick im Rucksack. Im Gänsemarsch gingen sie über die feuchte Wiese, auf der Kühe grasten. Sie überquerten einen Sandweg und gelangten auf den Hof von Schmidtke, wo sie seine Mutter antrafen. Die Milchkanne, die die alte Frau in der rechten Hand trug, war voll. Sie wusste sofort, dass die Piloten des Flugboots ihren Sohn hinrichten wollten. Für April war es zu frostig, und sie spürte, wie die Kraft aus ihren Muskeln schwand. Die Milchkanne glitt ihr aus der Hand auf den gefrorenen Boden, wo eine weiße Pfütze entstand. Ihr Sohn versteckte sich seit 1945 im Wald. In einer verlassenen Holzhütte. Dort hängten sie ihn auf und flogen noch am selben Morgen zurück, damit die polnische Miliz sie nicht schnappte. Chrystian träumte auch davon, wie Schmidtke an einem Balken baumelte, seine Füße waren violett, seine Hose mit einer Schnur an den Hüften festgebunden, der Oberkörper war nackt, das Gesicht aufgebläht. Die Augen, weit aufgerissen wie bei einem Fisch, blickten ihn ungläubig an.

In einem anderen Traum sah sich Chrystian am Steuer eines gelben Kabrioletts: Er fuhr am Ufer des Hudson entlang. Plötzlich fing der Motor Feuer, er bremste scharf und lief zum Flussufer. Dort waren Mona und Boreas. Sie spielten Federball. Sie zeigten ihm ein totes Reh, das an den breiten, sonnigen Strand geschwemmt worden war.

Kurz nach acht war Chrystian auf den Beinen. Er löste in einem Glas Wasser eine Brausetablette Aspirin auf, trank die Medizin aus und nahm ein heißes Bad. Er musste Frau Juchelka von ihrem Hotel abholen und zum Bahnhof bringen. Und Gustaw wollte in der Fundgrube einen neuen Kühlschrank kaufen und brauchte Hilfe beim Tragen – auf den rheumakranken Michail war kein Verlass –, und am Nachmittag hatte Boreas seinen Schwimmkurs.

Chrystian rasierte sich nass und schnitt sich an der Oberlippe. Er klebte ein Hansaplast®-Pflaster auf die Wunde, trank einen Kaffee und marschierte nach draußen zu seinem VW.

In den alten Bremer Vierteln hatten die meisten kleinen Hotels wie auch die Pensionen ein besonderes Merkmal: Sie wurden von alten Damen geführt, die gerne junge Mädchen mit russischem Akzent beschäftigten, weil sie offenbar arbeitswilliger waren als die einheimischen Auszubildenden. Die Einrichtung im Vestibül erinnerte Chrystian an das Mobiliar seines Vaters, vor allem an die Schrankwand im Wohnzimmer. Rudi nannte diesen Stil Gelsenkirchener Barock: Eiche-rustikal plus Plastikblumen, Literaturnobelpreisträger in exklusiven Ausgaben mit Lederrücken aus Plastik und Kristallkaraffen in den Regalen, auf den Böden in Indien gewebte Billigteppiche und an den Wänden maritime Gemälde von Malern, die die Ostseeküste bevölkerten und für jede Arbeit aus ihren Ateliers ein Echtheitszeugnis ausstellten. Das alte Kaufmannshaus, in dem Mona hoffentlich ihren Jetlag ausgeschlafen hatte, war ein Musterbeispiel für diese Art Einrichtung.

Mona war geschminkt und ganz in Schwarz gekleidet, als sie in der Rezeption erschien: eine Hose, ein Jackett und darunter ein Rollkragenpulli. Stöckelschuhe – wenn eine Frau sie tragen konnte – waren auf dem Bürgersteig laut und wirkten Wunder, fand Rudi zumindest, sie strafften den Hintern und die Brüste, und in Ausnahmefällen verursachten sie sogar eine Scheidung. Der gestrige Jogginganzug hatte wohl nur zur Tarnung gedient, dachte Chrystian.

»Guten Morgen. Wo ist dein Koffer?«, fragte er.

»Ich bleibe noch einen Tag.«

»Dann lass uns frühstücken«, freute er sich. »Aber nicht bei meinem Alten, sondern bei mir.«

Die Hotelbesitzerin nahm von Mona den Zimmerschlüssel entgegen, und sie gingen zu seinem VW. Es war ein sonniger Morgen, der Himmel war blau und die Fensterscheiben der Gebäude schillerten.

Mona sagte, sie hätte in Leipzig angerufen, und ihr Apartment im Studentenheim wäre noch nicht frei. Und sie hätte erfahren, dass sie sich die kleine Wohnung mit einer Japanerin teilen müsste, einer Germanistikstudentin.

»Ich hab ein halbes Jahr in Tokio gelebt«, sagte sie.

»Ich als Student in New York«, unterbrach er Mona. »Heute Nacht hab ich von einem toten Reh geträumt, das im Hudson schwamm. Und vom Geserichsee.«

»Du kennst meine Stadt? Nicht zu fassen! Aber was würdest du sagen, wer war das Tier?«

»Nein. Du nicht – meine Frau Katharina könnte es gewesen sein. Ich weiß es nicht. Sie ist durchgeknallt. Bevor sie etwas unternimmt – sei es auch nur eine Urlaubsreise – legt sie die Tarotkarten.«

»Kennst du ihre Persönlichkeitskarte? Meine ist der Mond«, kicherte Mona.

Seinen Freund Rudi hatte Chrystian vollkommen vergessen, aber als sie an seinem Café vorbeifuhren, fiel ihm der nächtliche Anruf wieder ein. Er wusste, dass Rudi nie in den Wind redete: Wahrscheinlich hockt er vor meiner Tür, dachte Chrystian, und ärgert sich darüber, dass er von den Junkies um einen Euro angepumpt wird.

»Eines musst du mir erklären. Warum bist du schon um die halbe Welt gereist, aber noch nie in Europa gewesen? Frauen wie du schreiben in Berlin einen Roman, oder sie drehen in Venedig einen Experimentalfilm.«

»Ich bin neunundzwanzig und die Reise nach Europa hab ich mir immer aufgehoben wie etwas Süßes zum Naschen – wegen der Geschichte mit meinem Großvater und dem Schmidtke. Das ist was Besonderes. Ich weiß nicht, warum, aber die Story trägt in meinem Kopf den Titel *Eses*.«

Chrystian schwieg bewundernd. Schlagartig.

»Und warst du gestern bei meinem Vater erfolgreich?«, fragte er nach einer Weile. »Konnte er dir mit guten Auskünften dienen?«

»O ja! Dein Onkel Erwin muss jedenfalls ein seltsamer Kauz sein.«

»Allerdings. Er ist der geborene Eremit. Nie verheiratet gewesen, keine Kinder. Der Wald und die Försterei waren seine Familie. Er redet nicht viel, auch dann nicht, wenn er mal bei uns weilt und einen gepichelt hat. Zu mir sagt er immer: ›Ein starker Tobak! Ein starker Tobak! Alter Knabe!‹, und schüttelt dabei den Kopf.«

Mona schob sich eine Zigarette zwischen ihre dunkelrot geschminkten Lippen.

Chrystian wählte die längste Strecke zu seinem Mietshaus Nr. 184, damit sie eine Ahnung davon bekam, wie groß das Viertel war. Er stellte den VW in der Nähe des Ziegenmarktes ab. Sie legten den Rest des Wegs zu Fuß zurück – vorbei an den aneinander gepferchten Läden und Bars, Fahrrädern und Caféstühlen und -tischen. Mona war ungeduldig und beschwerte sich, er würde sich in seiner Stadt nicht auskennen. Sie hatte Hunger, und der Jetlag holte sie ein, er war schlimmer als der Kater nach einer durchzechten Nacht.

In der Wohnung stand unerwarteter Besuch: Rudi hatte sich von Chrystians Nachbarin, einer launischen Blondine, den Wohnungsschlüssel erbettelt. Sie kannte sich mit Chrystians Freunden schon aus: War er nicht anwesend, klingelten sie bei ihr, und wenn sie in Stimmung war, bekamen sie den Schlüssel.

Rudi war kaum ansprechbar (»… was, was?«, nuschelte er), als sie mit frischen Croissants aufkreuzten: An der Wand, an der das abgewrackte Ledersofa stand, wie auf vier platten Reifen, hatte Rudi ein Liebespaar skizziert – eine junge Braut im Kleid, das ihr bis zu den Halbschuhen reichte, dann einen Mann in Anzug und Krawatte. Die Braut hatte eine Rose in ihrem Haar, und der Mann einen Zylinder auf dem Kopf. Der Wind wehte ihnen um die Ohren, ihre Kleider bewegten sich und flatterten, und die Häuser von Klein-Brooklyn waren so winzig wie in einem abgelegenen Dorf, irgendwo in der Ukraine oder Litauen.

Chrystian stellte Mona vor, aber Rudi war unbeeindruckt: Er zeichnete wie besessen den Ziegenmarkt und einen Brunnen und über den Dächern einen überdimensionalen Storch, der zu den beiden Verliebten am Himmel hinaufschaute. »Ob sie wirklich gleich landen werden?«, schien sich der Storch zu fragen, »auf meinem Schnabel?«

Das Einzige, was Chrystian etwas störte, waren die Gesichter des Liebespaares. Die Braut hatte keine Augen, und der Bräutigam keinen Mund. Wie sollen sie einander ansehen und küssen, die Armen?, dachte Chrystian.

Rudi sagte: »Sie sind unglücklich. Ein böser Zauberer hat sie verunstaltet, und der Zauberer bin ich. Ich glaube nur an den Kick und an das Spiel, egal ob in einem Swingerclub oder im eigenen Schlafzimmer mit dem Ehepartner. Liebe verbraucht sich so schnell. Und was du dir da wünschst, Chrystian, ist fromm und ritterlich, aber mehr nicht. Tut mir Leid für dich, dass es nicht geklappt hat mit Katharina.«

Mona trank ihren Kaffee auf dem Balkon, und ihre Nase und ihre Wangen wurden von der Frühlingshitze rot, sie streckte ihre Beine aus und ignorierte die Ausführungen von Rudi. Sie sagte, Liebe sei etwas für Menschen mit einer Biografie. Und ihre Bekannten und Freunde, die nicht älter waren als vierzig, seien wie Klone: »In ihrer Kindheit sind sie mit den Eltern nach Florida in den Urlaub geflogen. Sie wählten später einen Beruf, und mit zwanzig flogen sie alleine nach Florida. Mehr haben sie nicht erlebt. Es sei denn, dass die Mutter an Krebs gestorben ist. Aber darüber wollen sie nicht reden.«

»Du bist noch erbarmungsloser als ich«, sagte Rudi. »Hast du eine Biografie?«

»Nein. Nur der Krieg gibt uns die Chance, wirklich zu lieben – wenn man so will: das Leid. Dann entsteht eine Biografie, weil wir Schmerzen spüren oder selber jemandem einen Schmerz zufügen. In friedlichen Zeiten erschaffen wir uns künstliche Leiden, dieses Verhaltensmuster ist uns angeboren.«

»Sei mal froh, dass ich kein fanatischer Pazifist bin«, sagte Chrystian. »Und wenn du leiden möchtest – kein Problem. Ich kann dich vom Balkon schmeißen. Oder auspeitschen.«

»Du bist albern«, antwortete Mona. »Du weißt, dass ich Recht habe. Wir sind beide nicht aus hartem Holz geschnitzt, wir können uns mit unseren Großeltern nicht messen.«

»Ich fürchte, ich werde dich jetzt mit der nackten Wirklichkeit konfrontieren: Ich muss meinem Vater helfen. Ich bin sein Möbelpacker. Kommst du mit?«

Rudi Zitzmann war erleichtert, dass er in Ruhe malen konnte. Künstler, die es zuließen, dass man ihnen auf die Finger schaute, verabscheute er. Er ging nie in Konzerte. Für ihn war nur das Endprodukt interessant. »Wenn du einen Affen sehen willst, musst du in den Zoo gehen, Chrystian«, erklärte er seinen Standpunkt.

Warum ist sie noch nicht weggefahren?, flüsterte ihm Gustaw ins Ohr. Morgen, Vater, morgen, sagte er. Der VW bewältigte die Strecke von der Fundgrube nach Klein-Manhattan mit Bravour, trotz der schweren Last: Kühlschrank und vier Personen; und Mona erwies sich beim Schleppen als sehr hilfreich. Jedenfalls war sie kräftiger als Michail, der wegen seiner Schmerzen nichts Schweres tragen konnte.

Sein Körper war noch in Bremen, atmete und gab Laute von sich, aber in Gedanken sah sich Chrystians Freund schon in Berlin und zwar in einem Seminar für Falun-Gong-Anfänger. Er plante seinen Umzug für das übernächste Wochenende, am 18. und 19. April – diesmal den letzten, denn er habe seinen Weg endlich gefunden. Nach vier entbehrungsreichen Jahren der Makrobiotik und des Fastens sei er bereit für die Hauptstadt. Und es würde ihn gar nicht ärgern, dass ihn alle weiterhin belächelten. So redete er. In diesem Ton. Michails neuer Meister hieß Li Hongzhi – von ihm habe er ein Buch über die Kultivierung des Geistes und des Körpers gelesen.

»Mona, du musst dich über nichts wundern, vor allem nicht über Michail«, vertraute ihr Chrystian an.

»Sieht ein bisschen kühl aus, das Grau«, sagte der Vater.

»Ist ja auch ein Kühlschrank«, antwortete Michail Glos.

»Mona – was meinen Sie?«, fragte Gustaw. »Mögen Sie dieses Grau?«

Sie stand zusammen mit Chrystian am Fenster. Sie blickten beide auf die Straße: Ein Schwarzer hielt eine tiefgefrorene Erdbeertorte vor der Brust und wartete auf einen Bus.

Chrystian erkannte den Schwarzen, der mindestens einmal im Monat wie aus dem Nichts auftauchte. Irgendwann würde er ihn ansprechen, ganz sicher.

Chrystian dachte: Sie ist Jüdin und sie ist wunderschön. Wie das Klavierkonzert ›La scala‹. Wie die tiefgefrorene Erdbeertorte. Wie Nigeria und die Skalare in Gustaws Aquarium. Sie ist die Apokatastase, die Hoffnung auf ein Wiedersehen. Sie ist jünger als mein VW. Sie hat Haare auf den Zähnen. Und sie leidet nicht.

»Herr Brodd«, sagte Mona zu Chrystians Vater. »Haben Sie jemals einen Menschen getötet?«

Ihre Frage kam ganz plötzlich, und weil sie so plötzlich einschlug wie bei einem Kripoverhör, klang sie wie etwas ganz Gewöhnliches.

»Nein, mein Mädchen. Und Johann, mein Papa, hat auch niemanden getötet. Selbst der Schmidtke nicht. Das ist das Unerklärliche dabei. Obwohl es so viele Tote gab.«

»Die Mörder sind immer die anderen«, sagte Chrystian, »wir wollen nur das Tagesschaupublikum sein.«

Michail räusperte sich und fing an zu predigen: »Meister Li Hongzhi lehrt, dass ein und dieselbe Person gleichzeitig in vielen Räumen existiert – mit vielen so genannten Ers, also Egos. Wird ein Er mit Gewalt aus dem Leben gerissen, schwebt es als ein Tropfen heimatlos im Meer des Nichts und muss auf den Tod seiner Brüder und Schwestern, der anderen Egos, warten. Das ist ganz schlimm.«

Er erklärte, dass Falun Gong keine Religion sei und nichts mit Tai Chi gemein hätte, bis auf wenige Körperübungen: »Jeder muss sich kultivieren, sprich, vervollkommnen, bis er sich der Gesamtheit aller Existenzmöglichkeiten im Universum bewusst wird. Ich will jetzt ein Chinese werden, überspitzt gesagt.«

»Seitdem wir in Bremen leben, warst du noch kein einziges Mal in Russland«, sagte Gustaw. »Warum willst du ein Chinese werden?«

»Ich war acht, als ich in den Westen kam. Ich erinnere mich an meine Kindheit, aber nicht an mein Heimatland«, antwortete Chrystians Freund.

»Aber sieh dich nur im Spiegel an! Nichts als Haut und Knochen! Du bist unterernährt, dein Haar ist fahl, dein Schädel kommt mehr und mehr zum Vorschein. Du trocknest von innen aus! Du wirst noch im Rollstuhl enden! Oder auf dem Friedhof«, schluchzte Gustaw.

Der Schwimmkurs mit Boreas war quälend. Chrystians Gedanken kreisten im Sekundentakt um Mona, die sich im Hotel Jansen etwas hingelegt hatte. Der Abend war lauwarm, als er nach dem Schwimmen mit seinem Sohn zurück ins Viertel fuhr. Der Bremer Himmel, von Wolken verhangen, war überwältigend weiß, wie an sommerlichen Morgen, die in der Frühe mühsam auftauten, im Nebel, ohne Sonne. Mona hatte endlich einen klaren Kopf, sie lud Chrystian und Boreas zum Italiener ein. Und auf die SMS von Katharina kannte das Nokia nur eine Antwort: Schweigen. Chrystian schrieb ihr nichts zurück, auch nicht, als der Vorspeisenteller mit Artischocken, Oliven und Parmaschinken serviert und auf dem Display des Nokia folgender Text eingeblendet wurde: »Boreas muss ins Bett!«

Nach dem Essen – Boreas hatte eine Margherita verdrückt und Mona als seine Tante aus Amerika ins Herz geschlossen – lief alles wie geschmiert: Sie überquerten mit dem VW den Fluss über die Bürgermeister-Smidt-Brücke in die Neustadt, und Boreas wurde wenig später von seiner Mutter in Empfang genommen – Mona kaute im Treppenhaus an ihren Fingernägeln, und Katharina fragte auf der Türschwelle: »Wer ist das? Deine Neue? Das kann doch wohl nicht wahr sein!«

»Nein, das ist meine Cousine aus Detroit«, antwortete Chrystian. »Und notabene: Den Scheidungstermin kannst du meinetwegen verschieben, mir egal. Aber Boreas ist nicht dein Eigentum, und ich werde es dir nicht leicht machen.«

Katharina zischte leise: »Du Arschloch«, und rief dann freundlich: »Auf Wiedersehen, Frau Cousine!«

Boreas putzte sich die Zähne, Rudi Zitzmann bewunderte am Steintor sein neuestes Werk, den Chagall, während im Erdgeschoss das Licht ausging und Chrystian plötzlich Mona in seine Arme riss. Sie wehrte sich nicht, war genauso überrascht wie er und sagte: »Nenn mich nie wieder: ›meine Cousine aus Detroit‹. Deine Katharina ist ein Drachen … An ihrer Stelle würde ich gewiss genauso handeln. Und Detroit ist die hässlichste Stadt, in der ich jemals war.«

»Du weichst vom Thema ab.«

»Entführ mich bitte an den Fluss, an die Luft. Mir ist schwindelig, und wenn ich daran denke, dass ich morgen in den Zug nach Leipzig steigen soll …«

»Niemand zwingt dich dazu.«

Sie ließen den Wagen in einer Sackgasse stehen und gingen zu Fuß weiter. Unterwegs trafen sie auf Rudi, der gerade seine Zähne in einen Döner schlug und auf dem Weg ins Café »Hering« war. Die Zazikisoße tropfte ihm auf die Jacke, aber das störte ihn nicht.

»Die berühmte Braut«, freute er sich. »Verzeihung – ich möchte nicht unhöflich sein, aber das ganze Viertel spricht nur noch von dir, mein Darling. Gestatten – Regisseur und Maestro Gandalf! Und Frauen nennen mich Marlon. Ich muss mich für mein Verhalten von heute Morgen entschuldigen, aber wenn ich male, bin ich ungenießbar.«

Mona holte ein frisches Taschentuch heraus und wischte Rudi die Zazikiflecken vom Bauch: »Hallo, Herr Brando. Ihre Entschuldigung ist hiermit angenommen.«

»Also gut, wir sehen uns später, im ›Hering‹ …«, meinte Chrystian.

»Madame, Monsieur«, verbeugte sich Rudi und stapfte davon – ohne ihn hätte das Steintor keine Daseinsberechtigung. Man müsste alle Häuser abreißen und etwas Neues bauen. Rudi war der König von Klein-Brooklyn. Er kannte jeden in diesem Viertel. Ab und zu brachte ihn das in Schwierigkeiten, weil er mit der Polizei genauso wie mit den Kriminellen verkehrte, da er jedoch eine grenzenlose Fantasie hatte, war ihm noch nie etwas Unerwartetes zum Verhängnis geworden. Er war imstande, jeden Schlamassel in einen Sieg zu verwandeln. Für Chrystian war Rudi ein Prophet wie Ezechiel, und wenn er ein bisschen disziplinierter gewesen wäre, hätte er die Bibel fortsetzen können, mit einem Buch über das 21. Jahrhundert. Und für die Fernsehserie »Akte X« wäre ihm auch einiges eingefallen.

Rudi hatte Ende der Sechziger zwei Jahre in Cottbus gesessen, weil er auf den Straßen Lieder zum Gitarrengeklimper gesungen hatte, Lieder über seine ostdeutsche Heimat. Aber das Gefängnis habe ihn unsterblich gemacht, prahlte er manchmal; dort in seiner Zelle, von ihm auch Suite 12 genannt, habe eines Nachts ein Diamant seine Stirn durchbohrt und ihm übermenschliche Kräfte verliehen. Kein Aufputschmittel war so stark wie das Adrenalin der Vereinsamung und der Gewissheit, dass man seiner Heimat beraubt worden war und dass die Tür nur von einem bewaffneten Gefängniswärter geöffnet werden konnte. Nach der abgesessenen Strafe kaufte die bundesrepublikanische Regierung den DDR-Dissidenten und pflanzte seine Knochen in Berlin ein. Das alles war 1973 gewesen.

Mona hakte sich bei Chrystian ein und erzählte mit Begeisterung von ihren ersten Eindrücken aus Bremen, aber er schwieg. Engel, dachte er, als sie das Weserufer erreichten und sich auf Steine setzten, Engel, die mit einem Flugboot auf dem Wasser landen, können gut oder böse sein. Gerald kam als Richter zu Schmidtke. Seine Botschaft war die Todesstrafe. Aber wer ist Mona Juchelka? Ist sie wie ein Stint, der sich einmal blicken lässt, verliebt und dann wieder verschwindet? Oder ist sie wie ein Stint, der sich rächt und der mordet?

Die Weser war kein gewöhnlicher Fluss mehr. Sie war jetzt so groß wie der Hudson und so gefährlich wie der Geserichsee. Sie starrten in die Nacht, und Mona sagte: »Versprich mir, dass du mich in Leipzig besuchst.«

»Ich gebe nie irgendwelche Versprechen. Aber bei dir mach ich eine Ausnahme.«

Leipzig riecht und schmeckt wie eine Frau – so musst du mit dir reden, dachte Chrystian Brodd. Auf den Tod darf kein ewiges Leben folgen. Wenn das der Fall wäre, dann wäre unsere Existenz sinnlos. Leipzig riecht und schmeckt wie Mona. Meine eine Gehirnhälfte liebt Charles Bukowski, die andere den Trappisten Thomas Merton. Was kannst du mit diesen beiden gegensätzlichen Hemisphären anfangen? Der eine Teufel möchte Mona jetzt sofort haben, aber nur für ein Weilchen, für ein paar Sekunden; der zweite läuft Mona wie ein Lakai mit einem seidenen Bademantel und einem Stück Seife für den Rücken ein Leben lang hinterher. Im Café »Hering« wird dieser Zweite, stets der andere, nur an eines denken: Leipzig riecht und schmeckt wie Mona.

4

In den nächsten Tagen fand auf seinem bremischen Planeten eine Umpolung statt: Nichts mehr war so wie früher, nichts mehr stand an seinem richtigen Ort, weder bei ihm zu Hause noch in seinem Viertel, in dem er sich andauernd verlief, auch dann, wenn er nur kleine Besorgungen zu erledigen hatte. Überall hörte er eine Stimme, die ihm sagte, er habe das falsche Zimmer betreten, und plötzlich wurde ihm klar, dass er Mona Juchelka an seiner Seite vermisste und dass ihre Abwesenheit die Ursache für seine Desorientierung war.

Erst am Sonntag normalisierte die Lage sich wieder, weil etwas geschah, worauf er überhaupt nicht gefasst war: Schöne Schmerzen, fette Schlagzeilen, dachte er sich, ich erwische meine Exfrau mit Michail, wie sie es in der schmutzigweißen Dunkelheit der Betonwände treiben, nein, nicht in der Besenkammer (die gibt es ja in Vaters Hochhaus nicht), sondern ausgerechnet in Vaters heiligem Keller, wo er nicht selten, meist im Augenblick der totalen Herzensschwäche, auf dem 25-Kilo-Kartoffelsack sitzt wie in seinem begrabenen Deutsch-Eylau, und seiner Danusia nachweint, in allen Himmeln nachweint.

Es war nicht schlechter als ein Porno, was Chrystian im Keller seines Vaters zu sehen gekriegt hatte. Und es war ein schönes Gefühl, besiegt worden zu sein – dazu von einem Freund und von seiner eigenen Exfrau, die er zwar nicht mehr liebte und nicht mehr lieben durfte, aber doch aufs Intimste kannte, von den Haarspitzen, Wimpern, Schulterblättern bis zum süßen Marmeladeschmatzen am Frühstückstisch. Er kannte sie wie den Wald aus der Kindheit, der farbenprächtigste Träume meistert.

»Ich geh Kartoffeln holen«, hatte er zu seinem Vater gesagt, wie an so vielen Sonntagen, und sich sogleich auf den Weg gemacht, wohl wissend, dass er wieder einmal die Treppe hinuntersteigen würde, die praktisch seine Mutter umgebracht hatte. Eine der Stufen war schuld, und der dritte Fuß oder Schritt vielleicht, der Danusia dazwischengekommen war. Kein leichter Gang für einen Sohn und Enkel, dem seine Oma Annegret väterlicherseits zu jeder Weihnachtsfeier von den zwanzig Russen erzählte: »In einer Stunde zwanzig Soldaten! Jeder mit einem roten Stern auf der Stirn. Schlimmer als die Hakenkreuzler aus Deutsch-Eylau«, war Annegrets Klage. »›Alle Frauen sind Huren, auch deutsche!‹, haben die Soldaten gesagt!«

Chrystian begriff bis heute nicht, wie das vonstatten gegangen sein sollte, in so einem rasanten Tempo zwanzig hungrigen, dreckigen Engeln Lust verschaffen zu müssen. Arktis, Gletscher und Eisberge in der Großmutter, in einem Fingerhut.

Er hatte einmal einen Ausschnitt aus einem US-amerikanischen Porno gesehen, da waren mehr als zweihundert Männer – jeder mit einem Nummernschild auf dem Rücken – und eine Frau in einem riesigen Studiosaal versammelt. In der Mitte das Podium, Eimer mit Wasser und Handtücher und das Bett. Nur dass alle Versammelten glücklich schienen. Und Geld verdienten. Und sich ins Guinnessbuch der Rekorde eintragen durften wegen der öffentlichen, verfilmten Befriedigung.

Nach dem Mittagessen sagte er zu Michail, als sie auf dem Balkon Zigaretten rauchten: »Klar. Du kannst Katharina bumsen. Ich freue mich darüber sogar. Ich will nicht, dass sie unglücklich ist, nur weil wir uns getrennt haben. Aber willst du auch Boreas' Papa werden?«

»Sex ist eine komplizierte Sache, man kann sich erkälten«, sagte Michail.

»Komm du mir nicht mit deinem russischen Sinn für Humor. Es reicht, dass du aus mir einen Putin-Anhänger machen wolltest.«

»Bitte, sei nicht komisch. Ihr seid doch nicht mehr zusammen. Und ich bin wirklich unglücklich.«

Chrystian liebte Katharina nicht mehr, klar, und er liebte auch den Uni-See nicht, wo er sie vor acht Jahren nach einem Rockkonzert aufgegabelt hatte. Doch was nützte ihm die Gewissheit, dass seine Liebe zu Katharina erloschen war, und was nützten ihm jetzt Mona Juchelka und die bunten Feuerwerke in Leipzig, die er sich in seiner Fantasie ausgemalt hatte, wenn er sich einfach verletzt fühlte? Sowohl von Michail als auch von Katharina.

Jahwe, Monas Gott, war groß. Aber hatte er auch Chrystian Brodd und Michail Glos im Griff? Auf Letzteren musste er ganz besonders aufpassen, so schien es Chrystian: Wer in Putin den neuen Zaren und Führer zum Goldenen Zeitalter sah (und das würde selbst Platon wundern), der war *vom Verstand heruntergegangen*, wie Michails Landsleute sagten, also schlicht und einfach verrückt, ein *sumasedschij*.

Katharina war ihm keine Erklärung schuldig. Sie konnte ihn bis in alle Ewigkeit auslachen und die Luft aus seinen Matratzen herauslassen. Seltsam, dachte Chrystian, dass wir so gut vergessen können. Dass wir an die vielen gemeinsamen Jahre mit einer einst geliebten Person höchstens einmal nur mit einem Körnchen Wehmut denken. Wo ist doch der ganze Scheiß geblieben? Wo das Lieben, der Appetit und der Stundenplan, der Kalender? Das Abschiednehmen ist wohl nicht meine Stärke, Mona.

Chrystians Vater und Boreas hatten von dem, was im Keller vorgefallen war, keine Ahnung. Michail hatte ja angeblich nur das Kinderfahrrad reparieren wollen. Den Reifen wechseln, oder die Kette. Es gab tausend Gründe, um vorwärts zu kommen, mit der Liebe und den Trieben. Nichts durfte langweilig werden. Rudi Zitzmann hatte Recht. Der Kick, der verdammte Kick.

»Wir sind schon eine eigenartige Familie«, sagte Chrystian zu Katharina, bevor er ging. »Eifersüchtig? Nein, bin ich nicht. Ich vermisse dich, aber nur deshalb, weil ich mich erinnere. Und dich kenne, von früher. Ich weiß, wer du einmal gewesen bist. Die Katharina von heute ist mir fremd.«

»Deshalb musst du nach Detroit, oder sonst wohin. Ich mach da nicht mehr mit«, sagte sie. »Du hättest alles haben können und hast nicht einmal das Nötigste erledigt: Ich habe dich verlassen, nicht umgekehrt. Einsamkeit habe ich nicht heiraten wollen. Leb wohl!«

Er fuhr mit dem VW nach Hause. Ohne seinen Sohn Boreas und Mona, dafür aber mit dem Frühling auf dem Beifahrersitz und der schmerzlichen Erinnerung an andere Frauen und Frühlinge. Alte Volkswagen rochen normalerweise nach Kühlwasser. Der penetrante Geruch war im Winter besonders stark, wenn heiße Luft aus dem Gebläse kam. Aber seitdem er Mona durch Bremen kutschiert hatte, war dieser modrige, rostige Mief aus dem Auto entwichen, und bei jeder Fahrt hatte er den Eindruck, Mona würde auf dem Beifahrersitz mit ihren Plastiktütchen rascheln und mit ihm reden. Vielleicht war es der Frühling, der neben ihm saß und den er von der Straße mitgenommen hatte.

Die Wohnung in Klein-Brooklyn erfüllte nur noch den einen Zweck: Er konnte sich in ihr verstecken. Ansonsten war sie ein Lager, wo man alte Möbel und prall gefüllte Kartons abstellte. Er hatte es am liebsten, wenn die Vorhänge zugezogen waren und in der Ecke eine Stehlampe eingeschaltet war, bei der man die Lichtstärke regulieren konnte. Schwaches, dunkelgelbes Bahnhofslicht erhellte Rudis Gemälde, den falschen Chagall. So war es gut, auf dem Sofa spanischen Weinbrand zu trinken, den Regen zu beobachten, der auf den Balkon fiel, und nichts zu tun. Absolut gar nichts. Im Radio sendeten sie wieder Mozart.

Chrystian hörte den Anrufbeantworter ab und löschte dann alle Nachrichten. Rudis aufgeregte Stimme, sein schweres Keuchen und das ewige In-Eile-Sein versetzten einen immer in Hektik. Chrystian hatte nur diesen einen Satz behalten können: Ich werde mir ein Haus im Werte von einhunderttausend Euro kaufen.

Von Mona war keine Nachricht auf dem Band gewesen, obwohl sie ihm versprochen hatte, gleich nach ihrer Ankunft anzurufen. Und sie war jetzt schon seit zweieinhalb Tagen in Leipzig. Eine geheimnisvolle Stadt, dieses Leipzig, eine japanische Stadt mitten in Deutschland. Mona Juchelkas Tokio müsste sie heißen, dachte Chrystian. Er legte sich hin und versuchte zu schlafen. Es war nicht so einfach, die Augen zu schließen und Katharinas »Leb wohl!« zu vergessen. Er schlief ein und erblickte Boreas auf einer Wiese. Weit und breit keine Bäume, nur diese Wiese dort in der Welt. Sein Sohn spielte mit einer Frisbeescheibe. Er warf sie in die Sonne, und sie schwebte wie eine Untertasse am hellblauen Himmel. Doch als sie zum Schluss, kurz vor der Landung und im großen Bogen, in seine Richtung flog, und er, der Papa, vor Angst anfing wegzulaufen, wachte Chrystian schweißnass auf – ganz plötzlich, wie nach einem kalten Fieber. Er sah auf die Uhr in der Küche und stellte verwundert fest, dass er mit einer glimmenden Zigarette zwischen den Fingern eingeschlafen war und drei Stunden auf dem Sofa zugebracht hatte. Der Teppich war aber zum Glück nicht angebrannt.

Das Telefon läutete, als er sich ein Glas Leitungswasser holte. Draußen dämmerte es bereits. Die Dunkelheit schlich sich ein, und mit ihr die Abendbrise, die vom Hafen her in die Bremer Straßen gelangte. Er hob den Hörer ab und betete, dass es Mona Juchelka sein möge. Er fragte »Ja?« und wurde ganz ruhig, als ihre Stimme am anderen Ende der Leitung ertönte.

»Ich fliege nächste Woche nach Warschau. Von dort aus mit dem Zug nach Iława«, sagte sie schließlich. »Ich will endlich nach Stutthof. Kommst du mit? Du bist doch arbeitslos.«

»Nein. Ich hab hier was zu erledigen«, sagte er, obwohl er für ein solches abweisendes Verhalten absolut keinen Grund hatte.

Sie schwieg und legte auf. Sie hatte nicht einmal den vollendeten Chagall gesehen, das Brautpaar, das über den Ziegenmarkt hinflog und dem Storch auf einem der Dächer zuwinkte. Und er hatte es auch nicht geschafft, Mona zu sagen, was er heute Mittag im Keller gesehen hatte. Vielleicht war es auch gut so. Er sollte alle Geschichten für sich behalten, auch die von den zwanzig Rotarmisten, die in Deutsch-Eylau eingefallen waren, um mit ihren Fingerhüten an seiner Großmutter Rache zu üben.

Er ging auf die Toilette, pinkelte, wusch sich die Hände und das Gesicht, das trotz des kalten Wassers ein wenig brannte. Er hatte nur ein Glas Veterano getrunken, aber ihm war schwindlig und heiß. Sein Herz schlug schnell und so leicht, dass er das Gefühl hatte, er würde gleich abheben. Die Brust durchschossen ein paar Stiche, die für Sekunden aufhörten und dann erneut zurückkehrten wie ein Komet. Er schluckte Luft, um den Schmerz zu lindern und das Rasen in der Brust zu stoppen. Das half immer. Und jetzt auch. Das Herz wurde ruhig und schlug wieder normal. Okay, Rudi, dachte er. Ich ruf dich an.

Zweiter Teil

1

Es war die Zeit der Stinte, die durch den See zogen und sich vermehrten. 1947. Richard Schmidtke hatte den Wald seit zwei Jahren nicht mehr verlassen. Draußen an den Ufern des Geserichsees lauerte die Rache auf ihn. Es gab nur zwei Menschen, die ihn nicht umbringen wollten: seine Mutter und der Koch Johann Brodd, der ihm jeden zweiten Tag etwas zu essen brachte. Aber er hatte keinen Hunger mehr. Seit das Flugboot auf dem See gelandet war, pisste er Blut und Rasierklingen.

Er saß am Tisch in seiner Holzhütte, trank schwarzen Tee und wartete. Seine Nieren loderten. Johann Brodd hatte ihn gewarnt, dass sie jeden Moment bei ihm anklopfen könnten. Richard sagte daraufhin nur: »Führe sie zu mir. Oder hau ab! Renn um dein Leben!«

Es war nichts einfacher, als zu sterben. Er hatte selbst Hunderte in den Tod geschickt und es niemals bereut. Was soll's, hatte er sich immer gedacht, sie müssen sowieso irgendwann abkratzen. Ob gestern oder heute? Ich kann ihnen dabei sogar helfen. Und deswegen hatte er an diesem Morgen kein Mitleid mit sich selbst. Er war bereit. Er würde bestimmt nicht betteln, damit sie ihm noch ein paar Minuten schenkten.

Der Schnee hatte das Dach der Hütte in der Mitte eingedrückt, es hatte den Winter nicht überstanden, und nun schneite es immer noch, im April. Das Wasser tropfte von der Decke in die emaillierte Schüssel, und er hörte draußen Schritte, die so laut waren wie das Tropfen in der Stille seines Verstecks. Wie würden sie es tun? Mit einer Waffe? Einem Messer? Oder einem Strick? Hauptsache, dass sie ihn nicht vergasen konnten. Das Vergasen musste wehtun. Dann lieber eine Kugel in die Schläfe. Ohne Worte.

Er würde sie nicht begrüßen. Er wollte schweigen. Johann Brodd, sein ehemaliger Koch, hatte erzählt, es seien drei Männer. Er fragte sich, ob er sich an sie erinnern würde. Bestimmt nicht. Und er ärgerte sich, dass sie noch am Leben waren. Was war in Stutthof passiert? Waren sie geflohen? Wie hatten sie nur … vergessen werden können? Welcher Dummkopf hat diese drei Häftlinge entkommen lassen? Sie sollten doch schon seit mindestens zwei Jahren tot sein. Niemand würde dann mehr wissen, was aus ihren Leichen geworden war. Niemand würde sie identifizieren können.

Er schlürfte den Tee und wischte sich den Schweiß von der Stirn. Er hatte Fieber. Die Bäume waren gut. Schmidtke hatte gelernt, mit ihnen zusammen zu sein wie mit einer Frau. Wie mit eigenen Kindern. Ein Baum war stärker als alle KZler zusammen. Manche Kiefern, insbesondere die, die um seine Hütte herum standen, redeten im Schlaf mit ihm. Er hätte nie geglaubt, dass so etwas möglich sein könnte, aber hier in der Einöde des Waldes war es möglich. Ihre Nadeln besuchten ihn des Nachts in der Wärme seines Bettes und zerkratzten seinen Rücken und seine Brust. Er hatte keine Angst. Die Nadeln drangen in seinen Mund, und er musste sie zerkauen und herunterschlucken. Er betrachtete sich morgens im Spiegel und sah jedes Mal, dass er an der Brust kleine Kratzwunden hatte.

Träume kannte er nicht. Was sind Träume? Jeder Schlaf war wie ein Baum. Du schlägst Wurzeln und spürst den Stamm und klopfst dir auf den dicken Bauch: Ich bin ein mächtiger Stamm. So fühlte er sich, wenn er schlief.

Früher oder später hätte ihn jemand entdeckt, und sei es nur, dass der neue Förster zufällig auf seine primitive Behausung gestoßen wäre.

Vielleicht waren die drei gar keine Häftlinge? Vielleicht war es ja die Miliz, im Auftrag der Staatsanwaltschaft oder eines Militärgerichts? Wie kam er darauf, dass es seine ehemaligen Häftlinge sein könnten? Johann Brodd hatte gesagt, sie seien auf dem Hof bei seiner Mutter gewesen und hätten sie ausgefragt. Geschlagen. Bis sie es ihnen gesagt hatte. »Ja, er versteckt sich im Wald. Tut ihm nichts. Er versteckt sich bloß …«

Und die Männer aus dem Flugboot hätten Deutsch gesprochen. Johann war Deutscher. Er würde doch nicht lügen.

Richard Schmidtke kannte auch keine Lüge. Was war das, eine Lüge? Es gab nur die Wahrheit. Und der Wald bestätigte ihm, dass er sich nicht irren konnte. Überall hier wuchs die Wahrheit, in jedem Baum, in jedem Ast. Sie stand da und vermehrte sich mit jedem neuen Zapfen und Grashalm.

Die Schritte im Schnee, wie seltsam, taten seinen Ohren nicht weh, obwohl sie immer lauter wurden. Er war geduldig. Die Nieren brannten, und sein Penis, mit einem Taschentuch bandagiert, war schlaff und kalt.

Im Grunde genommen hatte er viel Glück gehabt. Der Wald hatte ihn beschützt und nicht verraten. Er verübelte es seiner Mutter nicht, dass sie ihn verraten hatte. Sie war eine tapfere Frau. Und sie hatte die Wahrheit gesagt. Und nie geweint. Nach keinem einzigen Brief von der Ostfront. Ihre Brüder waren dort irgendwo in den Birken gefallen (am Geserichsee gab es so gut wie keine). Die Birken gefielen ihm nicht. Die Birken waren Russen und hielten Totenwache. Sie waren ihm so fremd wie Russland.

Er war zu Hause geblieben, als der Krieg anfing. Er war ja kein junger Mann mehr. Er hatte eine andere Methode gefunden, sich nützlich zu machen. Das kleine Außenlager auf seinem Hof zu errichten, war seine Idee gewesen. Stutthof platzte aus allen Nähten. »Hier, bringt sie zu mir. Ich werde meine Häftlinge füttern, bevor ihr sie holt. Wie viel zahlt ihr pro Kopf? Und für die Rübensuppe? Die Königsberger Klopse schmecken den Bärtigen nicht, weil sie nicht koscher sind.«

Sein Hof war groß, o ja. Er hatte die Scheune, wo sie schliefen, bewacht wie eine Bank. Jede Nacht war er auf den Beinen gewesen, zusammen mit den Soldaten. Er bereute nur, dass er die Häftlinge nicht persönlich hatte begraben dürfen. Das hätte ihn stolz gemacht. Er wäre gern Pfarrer geworden. Jeder Häftling hätte sein eigenes Grab bekommen. Mit seinem Namen. Und dem Sterbedatum. Aber dafür hatte es keine Zeit gegeben. Es musste alles so schnell gehen. Sie sollten weiterfahren, mit den Zügen. Und die Felder mit Weizen und Mais waren auch keine Friedhöfe. Seine Landsleute hatten Hunger und mussten mit Brot versorgt werden. Aber trotzdem – er würde es jedem bestätigen –, es hatte alles Sinn gehabt, die ganze Arbeit, die er getan hatte. Erst im Krieg war er ganz zu sich selbst gekommen. Das stumme Sitzen und Warten, dass die Ähren gediehen und das Brot gebacken wurde, hatte endlich ein Ende genommen. Da war Stutthof, und später das Außenlager, und er Richard Schmidtke hatte einen *Auftrag* gehabt.

Er hörte keine Schritte mehr. Es hatte aufgehört zu schneien. Im Fenster zeigten sich Schatten. Schwarzvermummte.

Das Eis auf dem Geserichsee war längst abgetaut wie jeden April, und es schneite nicht mehr.

Er hörte leises, entschiedenes Klopfen. Knöchel, die an die Tür pochten. Wie ein Herz.

»Es muss sein, es muss sein«, flüsterte jemand.

Schmidtke senkte den Kopf und schloss die Augen. Das Brodeln in seinen Nieren hatte überraschend nachgelassen, und da er sich an diesen Pfahl im Fleisch schon gewöhnt hatte, vermisste er das Leiden auf einmal. Er zog unter dem Tisch seine Beine zusammen, versetzte sich selbst einen kräftigen Faustschlag auf die rechte Wange und biss sich auf die Zunge.

Er hatte die Tür nicht gehört und nicht gemerkt, wie sie in die Hütte getreten waren. Er wollte die Fremden nicht sehen, ihre Gesichter und Lippen, die zu ihm sprachen.

»Guck dir das an«, sagte eine Männerstimme. »Er hat sich in die Hose gepisst, das Schwein.«

»Sitzt da«, hörte er eine andere Stimme, die wahrscheinlich dem Anführer gehörte, »sitzt da und will uns keines Blickes würdigen. Wir sollten ihm die Augen ausstechen.«

»Lasst uns das Schwein endlich schlachten«, sagte ein Dritter. »Wie wir es besprochen haben, kurz und schmerzlos.«

»Nein«, sagte wieder die erste Stimme. »Er soll uns wenigstens einmal angucken.«

Schmidtkes Kopf kippte nach hinten, weil ihn einer der Eindringlinge an den Haaren gepackt und so heftig nach hinten gezerrt hatte, dass in seinem Hals etwas knackte. Er riss die Augen auf – er lebte noch – und sah die Petroleumlampe flackern, als wäre sie von einem Mückenschwarm umgeben.

Er hatte erst jetzt richtig Angst. Die Fremden waren zu ihm hereingekommen, als gäbe es für sie keine Wände. Sonderbare Wesen, dachte er kurz, sie landen auf meinem Geserichsee, gehen durch die Wände und lesen meine Gedanken. Wer sind sie? Diese verfluchten Hurensöhne Davids, des Herrn…

Und dann sah er sie plötzlich, drei vermummte Gesichter über seinem, wie an einem Operationstisch im Krankenhaus.

Sind das Fallschirmjäger?

Drei Paare Eulenaugen schauten auf ihn herab, und die unsichtbare Hand packte ihn wieder an den Haaren.

Schmidtke sollte sich später daran erinnern, dass er mit seiner Nase auf den Tisch geknallt und in ein schwarzes Loch gefallen war. Als er das Bewusstsein wiedererlangt hatte, wusste er nicht, wie lange er ohnmächtig gewesen war. Sekunden? Minuten? Wochen? In seinen Nasenlöchern klebte geronnenes Blut, sein Kopf lag auf den harten Eichenbrettern, und vor ihm standen die drei Fremden. Der Anführer goss ihm kaltes Wasser ins Gesicht, eine Schöpfkelle voll, und sagte: »Mein Name ist Gerald Juchelka. Und du, Richard Schmidtke, bist erlöst. Wir werden uns die Hände nicht an dir dreckig machen.«

»Schert euch zur Hölle!«, brüllte er.

»Ich hab's euch doch gesagt«, zischte der zweite Mann, »nichts wie hinrichten, das Schwein ...«

2

Er saß am Tisch und rang nach Luft. Sie hatten ihm den Strick um den Hals gelegt, und was bald geschehen musste, würde noch nicht jetzt vollzogen werden – Richard Schmidtkes Henker ließen sich Zeit. Trotz alledem atmete er schwer, hechelte und betastete mit seinen kalten Fingern die Kehle. Sein Adamsapfel zuckte mehrmals, und er dachte: So wollen sie es also tun, leise und ohne Eile. Ich werde auf den Stuhl steigen, nackt wie ich bin, nur in Unterhosen – meine Kleider habe ich auf ihren Befehl hin ablegen müssen. Der dicke Eichenbalken wird nicht nachgeben. Er wird bis in alle Ewigkeit halten: keine Gnade für dich, Sohn der Erde. Was ist aber Gnade? War ich nicht zu meinen Häftlingen gnädig? Sind sie nicht wie Helden gestorben?

Sie wurden erlöst, nicht bestraft, und es ist ein Jammer, ein einziger Jammer, dass ich jetzt für meine Taten büßen muss. Ihre Rächer, die Rotarmisten, waren stärker als wir. Sie fielen bei uns im Dorf ein, sie kamen in unseren Garten und legten die Köpfe von Frauen und Kindern in die Bienenstöcke, mit Beilen abgetrennte, kleine Häupter, als wollten sie sie einpflanzen. Wie Kürbiskerne. Martha, meine Schwester, hat die Bienenstöcke aufgemacht, und die weißen Lippen und die durchsichtigen zarten Insektenflügel waren erfroren. In jedem der gelb gestrichenen Kästen steckte ein Haupt, und die Soldaten zogen zum nächsten Dorf. Die Kopfjäger. An ihren Händen klebte Honig.

Aber wer bin ich? Und was tue ich hier? Warum ergebe ich mich kampf- und tatenlos?

Juchelkas Kameraden, gebürtig aus Wilna, entkorkten eine Flasche Wodka und tranken einen gehörigen Schluck. Juchelka weigerte sich, den Wodka mit ihnen zu teilen. Später. Wenn das Aas endlich tot ist, sagte er durch die Zähne.

Richards Füße froren. Er breitete auf dem Tisch seine Arme aus, klammerte sich an ihn, als wollte er ihn umarmen und unter sich begraben. Was würden sie mit seinem

Leichnam anstellen? Mit Benzin übergießen und verbrennen? Oder einfach verfaulen lassen?

Seine Unterlippe blutete, er hatte einen Faustschlag abbekommen, der ihn wachrütteln sollte. Er war aber wach. Er schlief doch nicht mehr, seit dem 1. September hatte er kaum eine Nacht durchgeschlafen. Und er war für seine Häftlinge immer da gewesen, hatte sich doch um sie gekümmert. Und was wollten sie jetzt noch von ihm? Warum waren diese drei Männer hier? Um der Gerechtigkeit willen? Welche Gerechtigkeit vertraten sie? Warum mussten sie sich rächen? Er hatte doch nichts Böses gewollt, als er auf seinem Hof das Außenlager baute.

Seine Häftlinge waren nicht imstande gewesen zu begreifen, dass sie so schnell wie möglich von ihrem Leid befreit werden mussten. Auf dem Friedhof am Rande des großen Waldes, wo er sie zur Strafe am liebsten begraben hätte, hätten sie endlich ihre Ruhe und Freiheit finden können. Die Alt-Christburger Wälder kannte er besser als jeden anderen Ort in Ostpreußen, sie waren ihm sogar vertrauter als seine Mutter. Dort im Forst war das wahre Jenseits. Die Bäume versteckten die Toten und gaben ihnen zu essen und zu trinken.

Und nun würde er an diesem Morgen zu seinen Häftlingen und all den anderen, die jemals gelebt hatten, gehen. Er würde sie alle treffen, die Gerechten und Ungerechten, und seine Häftlinge würden ihm bestätigen, dass ihr Gott, an den sie glaubten, in Wirklichkeit ein Rächer war – dessen war er sich jetzt sicher.

Die Offiziere in den schwarzen Uniformen, die Richard

Schmidtke verpflichtet hatten, waren seine Schutzengel gewesen. Sie hatten ihn von aller Schuld losgesprochen. Dafür, für diese Befreiung, hatte er nicht einmal Jesus verleugnen müssen. Er war Christ. Ein neutestamentlicher Christ. Er durfte die Beichte ablegen, das hatten sie ihm nicht verboten.

Er, der Landwirt und Kenner des Forstes Alt-Christburg, hatte für einen Moment die Zügel in der Hand gehabt, er hatte das Sagen gehabt, wie der Gott seiner Häftlinge, die bei ihm Obdach und Proviant gefunden hatten auf ihrer weiten Reise. Und das war mehr als alles, was er sonst jemals getan hatte. Er hatte über Leben und Tod mitentscheiden dürfen.

Was er hasste, war das Leiden: Niemand sollte sich verstecken wie eine Spinne, wie er selbst.

Die Fallschirmjäger, falls sie wirklich solche waren, hatten ihre Gesichter entblößt und die Masken in die Rucksäcke gesteckt. Er sollte sie ruhig ansehen und in seinem Gedächtnis kramen, vielleicht würde er sie wiedererkennen.

Einer der Litauer füllte ein Glas mit Wodka und stellte es Richard hin. Sie redeten mit ihm. In seiner Sprache. Auf Deutsch.

»Ihr fragt nach meinem letzten Wunsch«, sagte er, »aber ich habe keinen. Ich weiß nur, dass ich euch nicht kenne. Ihr gebt euch als meine ehemaligen Häftlinge aus. Aber ich erinnere mich nicht daran, euch jemals gesehen zu haben. Ihr seid doch schon gestorben, ihr wollt es nur nicht wahrhaben. Euch und mich gibt es längst nicht mehr.«

Schmerzen zerfetzten wieder seine Nieren. Und wenn ihn die Angst tatsächlich bedrängte, musste sie seine Nieren bewohnen. Wo er am anfälligsten war. Sein Vater hatte ihm einmal einen Tritt in die Nieren versetzt. Er hatte das nicht gewollt, er hatte woanders hintreten wollen. Er hatte aber das Ziel verfehlt. Der schwere Winterstiefel erwischte die Nieren. Richard war damals ein zu allen Streichen aufgelegter Neunjähriger gewesen und hatte ein Huhn in den Brunnen geworfen. Er wollte nur herausfinden, ob das Huhn es schaffen würde, aus der dunklen Tiefe des Brunnens herauszuklettern. Für dieses Experiment hatte ihm sein Vater eine Tracht Prügel verabreicht.

Er hob das Glas und kippte den Wodka runter, mit einem Ruck, danach wischte er sich mit dem nackten Arm den Mund, und er fragte: »Wie habt ihr herausgefunden, dass ich noch lebe?«

Juchelka schickte sich an, loszulachen wie im Zirkus, seine Lippen gingen auf – die Lachfältchen begannen sich zu formen –, dann schlossen sie sich wieder, und seine Miene wurde streng und kühl.

»Du wirst staunen! Vladislav hat an einer spiritistischen Sitzung teilgenommen«, sagte Juchelka und zeigte mit dem Kinn auf den kleinen Mann, der mit der Flasche Wodka in der Ecke stand. »Und seine verstorbene Schwester hat ihm gesagt, dass du noch lebst. Ich konnte es gar nicht glauben. Ich musste es mit meinen eigenen Augen sehen, dass du tatsächlich noch nicht ins Gras gebissen hast, Schmidtke. Und wir haben uns sofort entschlossen, hierher zu kommen und dich zu töten. Wir haben einen weiten Weg zurückgelegt und viel Geld ausgegeben. Aber es hat sich gelohnt.«

Der andere Litauer hieß Maks. Waren sie beide auch Juden wie Juchelka?

»Vladislavs Schwester«, sagte Maks, »hast du zusammen mit uns nach Stutthof einliefern lassen, Schmidtke, du hast sie auf dem Gewissen.«

»Seit wann können Tote mit uns Irdischen reden? Seid ihr schon so verkommen in eurem Geisterglauben?«, fragte er und spuckte auf die Dielen. »Teuflische Bande! Kennt ihr eure eigenen heiligen Gesetzesbücher nicht?«

»Schweig! Du Hund! Deine Stunden sind gezählt!«

Die aufgehende Sonne, die durch die kleinen Fenster der Hütte schien, blendete ihn. Er sah ihre Strahlen zum letzten Mal. Juchelka drehte an der Petroleumlampe und löschte das Licht. Es war das Ende, das jeder fürchtete. Richards Furcht war aber klein, seine Erwartungen groß: Würde er im Jenseits glücklich sein? Er hatte doch seine Verbündeten in den Bäumen. In den Tannen. Im Wald. Ein Teppich aus Nadeln überdachte den Forst Alt-Christburg. Die Bläue des Himmels war lachhaft schwach, nicht der Rede wert im Vergleich zur grünen Kraft und dem Stolz der Kiefern und Fichten und ihrer Zweige. Und an den Rändern der Sümpfe und den Ufern des Sees stelzten die Reiher und pickten mit den spitzen Schnäbeln nach ihrer Beute. Fischadler kreisten über dem Geserichsee und suchten nach Stinten. Auf dem Sonntagsmarkt in Deutsch-Eylau verkauften alte Weiber Kartoffeln und Eier. Und sein Koch Johann Brodd musste jetzt Todesängste ausstehen. Genauso wie die Mutter Schmidtke. Aber sie würden beide verschont werden.

»Du wirst dich an uns erinnern«, sagte Gerald Juchelka, »das verspreche ich dir. Du wirst deine Erinnerung herausschreien, weil du ein Feigling bist – nicht einmal ein richtiger Mörder, sondern ein Feigling, Schmidtke!«

Dritter Teil

1

Rudi lehnte an der Theke im »Hering« und musterte den schwulen Barmann mit einem zornigen Blick. »Was hast du mir da eingeschenkt? Das nennst du Bier? Diese Plörre?! Das Beck's muss im Schaum baden.«

Chrystian fasste seinen Freund an der Schulter und sagte besänftigend: »Rudi, lass uns angeln gehen. Mir ist danach.«

Der Barmann lächelte dämlich und mixte für eine junge Dame am anderen Ende der Theke einen seladongrünen Drink, wahrscheinlich einen Daiquiri.

Das Wetter war umgeschlagen. Für den Monat April war es zu herbstlich, zu windig. Die Fische laichten nicht und fraßen die Weser kahl. Die Alande, die Barsche und die kleinen Maränen waren wie vor den Kopf gestoßen, ihre Navigationssysteme außer Kontrolle geraten. Sie bissen wie Hechte vom Geserichsee, und die Angler auf den Steinen am Fluss verstanden die Welt nicht mehr. Die einzigen Fische, die aus der Reihe tanzten, waren die Stinte. Sie machten sich rar, und nach dem Ablaichen verschwanden sie und kehrten nie mehr in die Weser zurück. Sie überließen die ganze Arbeit ihren Sprösslingen, die den Fehler der Eltern wiederholten und in die Seen und Flüsse zurückschwammen, um sich zu vergnügen.

Chrystian liebte die Stinte. Sie waren so schlau wie die Aale und so königlich wie die Gezeiten und das Meer und die zahllosen Flussmündungen, aus denen sie stammten.

»Von mir aus!«, sagte Rudi.

Sie holten die Angelruten aus Chrystians Wohnung. Chrystian nahm die Dose mit den gefrorenen Regenwürmern mit, 20 Stück für 6 Euro 50, aus seinem Gefrierfach.

»Was hast du auf dem Herzen? Warum willst du mit mir fischen?«, fragte Rudi, als sie mit dem VW zum Fluss fuhren, zu ihrem Angelplatz unter der kleinen Brücke.

»Weil ich betrogen wurde. Und du? Warum hast du meinen Anrufbeantworter vollgetextet: Du würdest dir ein Haus kaufen und so – für wen eigentlich? Für dich, deine Bilder und rosa Scheine?«

»Das erkläre ich dir später. Von wem bist du betrogen worden?«

»Von meiner Ex und Michail.« Er schilderte seinem Freund, was er heute im Keller seines Vaters gesehen hatte.

»Phi! O ja! Ich wurde auch betrogen! Die Ladys lachen über meinen Wanst und meine spitze Zunge und begreifen nicht, dass ich Dantes Reinkarnation bin. Ich spaziere täglich durch die Kreise der Himmel und Höllen, und keine von den Sirenen will es wahrhaben! Stell dir mal vor!«

»Rudi, du bist der König vom Steintor und ein verkappter Kommunist. Das ist unvereinbar, und du willst es nicht einsehen. Könige haben's schwer. Sie dürfen ihr Volk nicht betrügen. Wirtschafte doch endlich in deine eigene Tasche. Widme dich gänzlich dem Kapitalismus, wie es mein Vater fordert.«

»Künstler haben selten was zu beißen. Du verstehst nicht, was Mäzenatentum heißt. Du schätzt das Geld nicht. Kennst du Carlos Castaneda? Don Juan war nicht nur ein großer Zauberer, er war auch ein Geschäftsmann und wusste sich zu kleiden und zu benehmen, wenn er in die Stadt kam, um für seinen Unterhalt zu sorgen. Das wirst du nie kapieren, weil du im asiatischen Dschungel geboren bist. Im Allgemeinen nennt man dieses Brachland, das sich bis zum Uralgebirge erstreckt, Osteuropa. Autobahnen und Supermärkte helfen euch nicht weiter. Ohne einen Diktator, einen Generalsekretär oder Zaren seid ihr macht- und schutzlos. Michails Theorie, dass ihr von einer harten Hand regiert werden müsst, stimmt schon, keine Bange! Dann könnt ihr wieder streiken und meutern. Es ist schon so, dass ihr nur als Aufständische zu etwas taugt. Als Dichter. Als Kosmonauten, die nach dem Goldenen Vlies suchen. Ihr glaubt noch an Vorsehung. Als schicksalsgeprüfter DDRler weiß ich, wovon ich rede. Der Honecker und das Cottbuser Kittchen waren meine Lehrmeister.«

Chrystian parkte im Halteverbot am Osterdeich. Sie verließen die Straße und marschierten mit ihren Angeln zum Fluss hinunter, der wie der Buchstabe Y im Tal lag und zu sprechen versuchte: Ich bin eure Geliebte. So sprach die Weser mit ihnen und tauchte aus den Lichtern der Stadt auf. Hier unter der Brücke war es aber dunkel, und das Wasser ergoss sich breit und tief zu einem See.

Chrystian ließ die Regenwürmer in einem Plastikeimer mit Wasser abtauen. Sie waren hart wie Schuhsohlen, und er musste sie lange spülen, bis sie weich und glitschig wurden. Für das nächtliche Angeln hatte er in Verden Posen mit orangefarbenen Stielen gekauft, die in der Dunkelheit leuchteten.

Sie warfen ihre Angeln mit übertriebenem Schwung aus wie kleine Jungen, wenn sie messen wollen, wer am weitesten pinkeln kann.

Die Strömung trieb die Posen nach Norden. Sie glitzerten flussabwärts wie Leuchtkäfer und oszillierten auf der Wasseroberfläche, als wären sie Rettungsbojen. Jetzt musste nur noch der Raubfisch kommen, und wenn er so beißen würde, wie es die anderen Angler zurzeit verwunderte, hätten Chrystian und Rudi einen großen Sieg errungen. Ein paar Barsche oder Alande könnten in der bescheidenen Küche seines Cafés für ein wenig Abwechslung sorgen.

Sie fingen eine lange Weile nichts, und Rudi begann in einem schwärmerischen Ton, von seiner neuesten Idee zu erzählen: »Ich will mir am Steintor ein Haus kaufen …« Die Ruten in der Hand, standen sie am Ufer wie die ersten Menschen. »… mit Fundamenten und Mauern, die ich anfassen kann. ›Alles meins, schau!‹, so möchte ich in Zukunft mit dir sprechen. Und dafür brauch ich Zaster. Sehr viel davon. Banal gesagt, einhunderttausend Euro. Ich werde wohl meine Bankkonten leer räumen und meinen Bausparer einsetzen müssen. In Tanger könnte ich aber, wenn ich wollte, guten Stoff kriegen, sehr guten, den die Bremer und Amsterdamer noch nie probiert haben. Ich würde ihn für fünfzigtausend kaufen und hier in unserem Klein-Brooklyn das Doppelte verdienen. Du wirst ein Außerirdischer vom Aldebaran, wenn du das Zeug geraucht hast. Ich müsste es auf einem Schiff nach Spanien schmuggeln. Ein Matrose würde es für mich verstecken.«

»Von den Drogen solltest du endlich die Finger lassen. Das schadet nur deinem Image als engagierter Künstler und Cafébesitzer, Herr König, bleib sauber!«

»Na ja, war ja nur so 'ne Idee! Hey! Ich hab alles unter Kontrolle! In meinem Haus wirst du mir jedenfalls stets willkommen sein, auch als Mieter – solltest du noch einsamer werden …«

»Rudi, ich muss nach Leipzig! Zu Mona. Sie ist mein Rettungsring. Wenn ich jetzt versage, kriege ich nichts mehr auf die Reihe. Meine Mutter Danusia hat immer gesagt, dass ein Mann selten auf die Frau seines Lebens trifft. Frauen unterdessen hätten viel mehr zu ertragen, weil sie Mütter würden.«

»Und was hast du vor? Willst du schwanger werden? Oder ziehst du zu den Ossis? Willst du dich von den Neonazis verkloppen lassen?«

»Natürlich nicht«, sagte Chrystian und stellte kurz Mona Juchelkas Reiseplanung für Polen vor. Rudis Pose verschwand plötzlich. Er drehte an der Rolle und ruckte an seiner Rute, die in den schwarzen Brückenhimmel schnellte. Die Schnur hätte die Haut schneiden können.

»Ich hab ihn, ich hab ihn!«, schrie Rudi. »Meinen kleinen Moby Dick! Schau doch!«

Er holte einen Aland an Land, gut fünfunddreißig Zentimeter lang.

»Bleib bei uns«, sagte er. »Was willst du da bei den Skinheads? Warum bringst du deine Jüdin nicht zu uns nach Bremen? Meine Fresse! Schau mal! Ist das nicht ein Prachtexemplar? Und warum solltest du nicht mit ihr nach Stutthof fahren, und zu deinem Onkel Erwin? Wenn sie es unbedingt will! Tu ihr den Gefallen. Ich kann dir auch Geld leihen! Als Liebeszündstoff gewissermaßen.«

Chrystian kurbelte seine Pose und den Wurm zurück, ohne etwas gefangen zu haben. Er hatte einfach kein Glück.

»Das sind keine Neonazis. Du bist nur ein typischer Wessi geworden – links und geldgierig«, sagte er. »Du weißt eben nicht, was es bedeutet, keine Vergangenheit mehr zu haben. Sie wurde denen da nach der Wende gelöscht. Vierzig Jahre wie weggebombt. Das ist alles. Und das ist etwas Elementares, das müsstest du doch am besten begreifen.«

»Jetzt mach mir bloß kein schlechtes Gewissen. Für welche Sünden denn? Ich hab doch nur hin und wieder an öffentlichen Plätzen ein paar Lieder gesungen.«

Chrystian schaltete die Taschenlampe ein. Rudi hockte sich hin, nahm den Fisch vom Haken und schlug ihn hart auf die Steine, damit das Zappeln aufhörte.

»Warum schreibst du nicht ein Buch über Süßwasserfische?«, sagte Rudi. »Wenn du dich schon so gut mit Neonazis und Kommunisten auskennst. Ich danke dem Allmächtigen dafür, dass ich solch einen klugen Freund habe.«

»Und was wäre, wenn sie dich in Marokko oder Málaga schnappen? Hast du daran mal gedacht, bei deinen Plänen?«

»Selbstverständlich! Wenn sie mich erwischen, musst du als guter Katholik eine Kirche aufsuchen und für mich eine Kerze anzünden«, sagte Rudi. »Doch keine Panik, ich lass das Marihuanageschäft sausen! Jetzt lass uns einen bauen – Bum Shankar!«

Am folgenden Morgen um halb zehn saß Chrystian Brodd im Zimmer 8 des Arbeitsamtes. Er wunderte sich, dass in den Fluren keine Kasernenbetten aufgestellt wurden und draußen auf dem Rasen keine Feldküche der Bundeswehr mit Linseneintopf und Räucherwürstchen für die vielen Bittsteller stand, die mit ihren Anträgen und Einkaufstüten durch dieses Bürokratenlabyrinth rannten. Früher ging man in die Kneipen, am besten zum Straßenfest, wenn man alte Bekannte treffen wollte. Heute reichte der obligatorische Besuch im Arbeitsamt, da traf man fast jeden.

Er hatte wenigstens einen wichtigen Grund, seine Arbeitsberaterin zu konsultieren. Er hatte einen Job und wollte dies Frau Behling persönlich mitteilen, einer Zweiunddreißigjährigen in Jeans und Sweatshirt, die ihn schon in der Tür nach alter Sitte begrüßt hatte: »Na, Herr Brodd, mal wieder da?«

Stolz hatte er von seiner neuen Stelle erzählt.

»Schwangerschaftsvertretung?«, fragte Frau Behling etwas unzufrieden und tippte etwas in ihren Computer ein. »Für die nächsten drei Jahre?«

Chrystian bejahte und konnte dabei nicht den Blick von Frau Behling abwenden. Sie hatte fettiges, langes Haar. Sie war sichtlich enttäuscht, dass sie einen ihrer Stammkunden einbüßen würde.

Zum Abschied drückte er Frau Behling die Hand. Er hatte sich über ihren Schreibtisch gebeugt und hätte sie fast geküsst, diese durchsichtige Haut mit den zarten, blauen Adern. Als er wieder in den Flur trat, stieß er mit Michail zusammen.

»Du hier?«

»Ich habe meine Papiere für Berlin geholt«, sagte sein Freund.

Sie umarmten einander und verließen das Gebäude erst, nachdem sie sich überzeugt hatten, dass der neue Springbrunnen im Innenhof des Arbeitsamtes tatsächlich in Betrieb war; sie gingen zum Parkplatz und stiegen in den VW. Sie fuhren zu Chrystians Vater, der wieder einmal in ein seelisches Tief gefallen war.

Michail hatte sich bei einem Kommilitonen ein provisorisches Zuhause eingerichtet, in dem er noch die paar Tage bis zum Umzug nach Berlin durchhalten musste. Sein bescheidenes Mobiliar lagerte in Rudis Galerie, die einer baldigen Neueröffnung entgegensah. Mit so genannten Lichtinstallationen, wie das Programmheft ankündigte. Es handelte sich dabei um Bilder, die laut Rudi nachts leuchten würden wie Straßenlaternen. Der Punkt war nur, dass er in seine neusten Gemälde keine Glühbirnen eingebaut hatte. Die Leinwände seien einzig und allein nach telepathischer Unterweisung der Göttin Luna bemalt worden, sodass sie jedem – nicht nur im Dunkeln – den Weg weisen würden. Die Premiere sollte zum Vollmond erfolgen, weil nur dann seine Bilder die volle Energie entfalten könnten. All dies hatte Chrystian aus dem Mund seines Freundes gehört und nicht kommentiert.

»Gestern Abend war ich mit meinen Kumpels aus Russland bei Rudi«, sagte Michail. »Der hat einfach phosphoreszierende Farben raufgekleckert! Das ist das ganze Geheimnis!«

Chrystian war wie abwesend. Er war heute Morgen nur mit einem Fuß aufgestanden. Mit dem anderen war er schon in Leipzig. Sein slawischer Instinkt diktierte ihm, Boreas und Mona auf einen Bauernhof am Geserichsee zu entführen. Dort würde er mit einem Holzeimer Wasser aus dem Brunnen schöpfen, die Pferde tränken, Kühe melken und Butter und Käse für Mona und Boreas machen, nach dem Rezept seiner Oma mütterlicherseits, das er nur noch ausgraben musste wie einen Schatz. Sie war eine echte Masurin gewesen, eine baltische Indianerin mit polnischen Wurzeln. Ihr erster Mann, den sie mit neunzehn ins Grab hatte legen müssen – nach einem Unfall in der Baugrube –, hatte sie in einem Kartenspiel gewonnen.

Er sollte einfach nach Leipzig fahren, ohne Rücksicht auf Katharina, den bundesrepublikanischen, israelischen und amerikanischen Staat. Und wenn solche Wunder endlich geschähen, aus seiner Hand, würde er dann vielleicht auch seinen russischen Freund heilen und ihm neue Haut mit Knochen und Eingeweiden schenken, damit sich Michail wieder schmerzfrei bewegen könnte: »Eine Antilope, die geschmeidig und erhaben über die afrikanischen Savannen springt, will ich ja gar nicht werden«, sagte Michail manchmal, »sondern nur ein gesunder Mensch. Ist das zu viel verlangt?«

Chrystians germanischer Ordnungssinn dagegen hielt ihn fest in der Faust und befahl ihm, in Bremen zu bleiben. Hier in den Häusern der hanseatischen Kaufleute, die keine Kaufleute mehr waren und die das Meer nur aus den Fenstern ihrer Hotels in Spanien, Portugal oder auf Sylt kannten.

»Dein Vater liegt wieder im Bett, stiert die Decke an und erwartet den Dritten Weltkrieg«, sagte Michail, als sie in Klein-Manhattan ankamen, »er erwartet die Chinesen.«

»Jeder hat seinen eigenen Blues, den er täglich spielt und auslebt«, sagte Chrystian. »Und mein Vater ist nun mal ein großer Politiker. Bis jetzt ist nichts von dem eingetroffen, was er uns prophezeit hat. Und das ist gut so. Andernfalls würde die Welt nicht mehr atmen. Du dagegen bist immer krank, Michail. Du hast mehr ausprobiert als jeder andere von uns: Rebirthing, Makrobiotik, Kundalini-Yoga, Hypnose, Stalinismus … Du hast mir einmal gesagt, dass wir uns nie getrennt hätten. Was willst du mehr? Wir sind Brüder seit Äonen!«

»Ja, mein Vater allerdings ist ein Vernichter. Von ihm habe ich meine Krankheit geerbt«, erklärte Michail, »damit ich für all die schlimmen Dinge büßen kann, die ich in früheren Leben angestellt habe.«

Chrystian schüttelte den Kopf, parkte den VW und zündete sich eine Zigarette an. »Idiot! Du musst für gar nichts büßen. Du solltest nur nicht übertreiben. Was interessiert mich, was ich in meinem vierzehnten Leben auf Erden gewesen bin? Von mir aus ein Mörder – Richard Schmidtke zum Beispiel. Oder ein Kartenspieler. Ich weiß nur eines: Ich werde mich nicht bemühen – für keine Schätze dieser Welt –, irgendjemand zu werden. Meine Philosophie kennst du. Und ich rate dir, einfach eines zu tun: nichts.«

»Danke! Du wüsstest mit einer Krankheit nichts anzufangen, und wenn du an einer leiden würdest, wie ich, hättest du deinen Arsch von den Ärzten durchleuchten und dir Pillen verschreiben lassen. Am Ende allerdings würdest du zur Flasche greifen, wie immer.«

Michail stieg aus dem Auto und knallte die Tür zu.

»He, ist das ein Lada, oder was!?«, schrie ihm Chrystian nach.

»Ich bin auch krank…«, flüsterte er vor sich hin.

Am Abend, nach dem Essen und der Therapiestunde bei Gustaw, der – in Erwartung eines Menetekels – nicht einmal mit einer Flasche Jelzin aus seinem Bett zu locken gewesen war, steuerte er den VW auf die Autobahn. Er hatte endlich den Entschluss gefasst, jetzt sofort nach Leipzig zu fahren und Mona Juchelka dort zu besuchen. An der Shell-Tankstelle hatte er den Wagen voll getankt, den Reifendruck und den Ölstand geprüft. Michail hatte ihm sogar einhundert Euro für den Ausflug gepumpt. »Du kriegst das Geld wieder, sobald mir mein erstes Gehalt überwiesen wird«, hatte Chrystian versprochen – und das nicht nur einmal.

Monas Adresse steckte unter der Sonnenblende, die er mehrmals aufklappte, um sich zu vergewissern, dass sie wirklich dort war. Ich darf sie nicht verlieren, so wie ich auch diese Stadt nicht verlieren werde, um keinen Preis. Die Geschichte darf sich nicht wiederholen, war sein hellster Gedanke, als er Bremen hinter sich gelassen hatte, dort an der Flussmündung, im Wirrwarr der Nächte und verschlafenen Morgen von Klein-Brooklyn.

Iława, sein Geburtsort, war eine Stadt, die jemand anders wieder entdecken und ausgraben würde: Iława, dieser Friedhof namens Deutsch-Eylau, dessen letzter Bewacher Onkel Erwin hieß, war für ihn verloren.

Mona wusste nicht, dass er unterwegs zu ihr war. Er hatte auf einen Anruf verzichtet.

Er nahm einen Schluck Cola und drehte sich am Lenkrad eine Zigarette. Er hatte seine Drehtechnik während unzähliger Autofahrten bis zur Perfektion entwickelt. Es tat gut, zu wissen, dass man etwas beherrschte, wie das Angeln zum Beispiel. Das gab so ein Gefühl von Sicherheit.

Auf der A14 zwischen Magdeburg und Halle herrschte Ruhe. Kaum Verkehr. Ab und zu ein LKW. Ein paar Verirrte. Die Dunkelheit war nebliggrau, die Dörfer namenlos, die Städte weit weg. Diese Leere und Fremde eignete sich bestens zum Nachdenken: Seit sieben Jahren war er verheiratet und seit drei arbeitslos, und seit etwa einem Jahr lebte Chrystian Brodd allein und würde endlich die beantragte Scheidung erlangen. Mit den Kosten würde sich das Amtsgericht befassen; Katharina bezog ein monatliches Gehalt, er war ein Habenichts. Er hatte schon von Menschen gehört, die unter viel schlimmeren Bedingungen als er täglich aufwachten – in einem fremden Land oder auf einem feindlichen Planeten. Oft verstanden sie die Sprache nicht, hatten nichts zu essen und mussten den Familienschmuck verkaufen. Die Armbanduhren, die ihm sein Vater geschenkt hatte – insgesamt fünf Stück –, würde er aber nicht einmal gegen russisches Gold tauschen.

Mona und die Juden hatten es gut. Sie konnten jederzeit sagen, dass jemand von einem Dibbuk besessen war. Von wem Chrystian Brodd besessen war, wusste man nicht so genau, und wer wirklich in seinem Körper wohnte – darüber wollte er sich auch nicht den Kopf zerbrechen. Er sagte sich lediglich: »Ich heiße Chrystian Brodd und wohne in mir.«

Und Katharina? Er hatte einige Fehler gemacht. Er wiederholte zur Entschuldigung seine alte Familiengeschichte – er litte an einer geheimnisvollen Krankheit, an der auch sein Großvater Henryk, mütterlicherseits, gelitten habe. Bei Henryk sei es sogar noch viel schlimmer gewesen, der verschwand nämlich oft für ein Jahr oder noch länger, und wenn er wieder zurückkehrte, sagte er, er hätte ein Kilo frisch gepflückter Äpfel oder geangelter Stinte mitgebracht. Eine seltsame Krankheit, erklärte Chrystian seiner Frau, sobald es wieder zu einem Streit gekommen war. »Und wo warst du? Bei deinen Kumpels?«, hatte sie ihn angeschrien. Er konnte ihr keine plausible Antwort geben.

Ja, seine Freunde in Klein-Brooklyn, davon hatte er viele. Bei ihnen war er oft gewesen. Daran, dass er sie besuchte, hatte sich bis heute nichts geändert. Einmal verbrachte er drei Nächte im Hauptbahnhof. Er beobachtete das Verhalten der Reisenden. Er ernährte sich wie die Penner und lernte jede Menge Lebenskünstler kennen. Einer hieß Lukas, ein Althippie und Kosmologe, er starb an einer Überdosis, mitten im Bremer Abendverkehr.

Chrystian hielt auf einem Parkplatz, genehmigte sich einen Schluck Kaffee aus der Thermoskanne und legte eine CD von Leonard Cohen ein. Es würde eine kalte Nacht werden.

2

Monas Studentenheim, am Rande von Leipzig gelegen, war ein Denkmal der sozialistischen Baukunst. Das Gebäude war so hoch wie ein Wolkenkratzer und stand an einer Hauptstraße, die an einer Plattenbausiedlung entlangführte. Ein paar Satellitenschüsseln verstärkten das ohnehin triste Erscheinungsbild der Betonblöcke. Hier wohnten die Nachfahren des »Homo sowjeticus« (wie sein Vater sagen würde). Menschen, die Chrystian aus seiner Kindheit bestens bekannt waren.

Er hatte den Weg zu Mona nach dem Stadtplan gesucht und gefunden. Es war kurz nach elf, als er die Handbremse hochzog und den Motor ausschaltete. Er war angekommen, mochte jedoch den Zündschlüssel nicht rausziehen und aussteigen, weil ihm plötzlich große Zweifel gekommen waren, ob er wirklich das Richtige tat. Hier in Leipzig zu sein, in einer Stadt wie Poznań oder Wrocław, mit all den renovierten Betonblöcken, war ziemlich sonderbar. Als hätte es 1989 nie gegeben. Als hätte er eine Zeitreise angetreten, mit einem ungewissen Ausgang. Und als würde Mona in dieser Stadt seit ihrer Geburt leben.

Sie lag wahrscheinlich schon im Bett, auf dem Schreibtisch brannte die Leselampe, ihre Lider waren halb geschlossen und der Schlaf in der Nähe, so wie bei ihm hier unten auf dem Parkplatz des Studentenheimes. Was mach ich nur in diesem Sonnensystem? Was will ich tun? Wie soll ich all das jemals meinem Sohn erklären? Er griff nach seinem geliebten Zigarettenetui und stellte fest, dass es fast leer war, und er nur noch zwei Fluppen hatte. Die würde er mit Mona rauchen, in ihrem Apartment, und danach sofort wieder wegfahren. Wenn sie ihn ließe.

Jetzt, da er endlich in Leipzig war, müsste er doch vor Freude auf dem Bürgersteig tanzen und singen wie ein Betrunkener, dabei hatte er an der Tankstelle nicht mal einen Blumenstrauß besorgt, den er Mona hätte schenken können. Mit nackten Händen würde er vor sie treten, wie man es in der Sprache von Danusia ausdrückte.

Er hatte aber keine Lust mehr, den Motor noch einmal anzulassen und zur nächsten Tankstelle zu fahren, um teuren, süßen Sekt zu kaufen. Ich werde mich selbst als Geschenk servieren, das muss reichen. Er packte seine Sachen in die Tasche, das abgetragene Sakko und die paar CDs, Leonard Cohen und das ›Paris Concert‹.

Es hatte keinen Sinn, noch länger im Wagen zu sitzen. Irgendetwas musste jetzt passieren, entweder sofort oder am Morgen, nach dem Kaffee mit Mona und der Japanerin. Ging das wirklich so schnell? Von einer Frau zu einer anderen? Ohne Atempause? Und nur mit einem Haufen dreckiger Wäsche im Rucksack? Von Katharina nach Leipzig? Und noch weiter? Und tiefer in neue Landschaften, als würde er ein Netz über sie ausbreiten?

Er schloss den VW, machte ein paar Schritte, stieg die Eingangstreppe hinauf und blieb vor der Klingelanlage des Studentenheims stehen: Hundertfünfzig Tasten und ein Lautsprecher – wo war Mona? Er warf einen Blick durch die Scheiben in den Empfangsraum. Der Nachtportier – was für ein Wunder, da saß tatsächlich einer in einem verglasten Häuschen – schenkte ihm keine Beachtung, als er auf die Nummer 128 drückte.

Es meldete sich niemand, und er klingelte noch einmal, dann wurde der Nachtportier munter und wandte sich kurz zu ihm um. Der junge Mann verspeiste gerade ein belegtes Brötchen. Letztlich fand er das Programm in seinem kleinen Fernseher aber doch interessanter als den späten Gast.

Die Japanerin gewährte ihm Einlass, nachdem er ihr hatte klar machen können, dass er ein guter Freund von Frau Juchelka sei.

»Äh … Du bist der Chrystian aus Bremen … Jaja … Komm rein …«

Das Türschloss fing an zu surren, und schon war er drin. Der Nachtportier musste ein Stummer sein, denn er kaute an seinem Brötchen, mutterseelenallein in seinem Kabuff, und schaute Chrystian lange etwas erschrocken und mehr als nur misstrauisch an, als wäre der späte Gast zum Stehlen und Plündern hereingeplatzt.

»Wo wollen Sie hin?«, rief er Chrystian aus einem Fensterchen nach.

Er gab ihm eine Antwort, die den jungen Mann zufrieden stellte: »Zu meiner Ehefrau, darf ich?«

Im Fahrstuhl roch es wie in einem chinesischen Restaurant. Ein Geruch, den man nicht so leicht vergaß. Irgendetwas sehr Kostbares ist noch aus der DDR erhalten geblieben, dachte er, der süße Duft der Unterhemden und der Deodorants. Er band sich mit einem Gummi den Zopf zusammen und versuchte, sich etwas Mut zu machen, indem er zweimal in die Luft boxte und dabei mit einer hohen Stimme aufheulte wie Bruce Lee. Es war albern, aber notwendig.

Als ihn der Fahrstuhl ausspuckte, kam ihm Mona entgegen, aus dem langen Flur mit den Wohneinheiten, der so nüchtern und traurig war, dass man sich auf der Stelle gezwungen sah, irgendwo bei einem Bewohner anzuklopfen. Sie steckte in einem knielangen Nachthemd, war barfuß und hatte sich einen warmen Pullover um die Hüften gewickelt.

»Yumiko hat mich geweckt«, sagte Mona, als sie ihn mit einer festen Umarmung begrüßte. »Meine Füße sind kalt…«

Sie stand für einen Moment auf einem Bein wie ein Storch, ihre Hände strichen über seinen Nacken und Rücken. Ihre Nase war feucht, und jetzt, auf gleicher Augenhöhe, wurde Chrystian klar, dass er gar nicht kleiner war. Er ließ seine Tasche auf den Boden gleiten und umfasste mit beiden Händen ihren Hintern. Er spürte ihn durch den dünnen Stoff ihres Nachtkleids, ihm wurde auch kalt, und er fragte: »Schlafe ich bei Yumiko oder bei dir?«

»Du hast keine Wahl …«

Yumiko war in ihr Zimmer geflohen, in dem man eine Stecknadel fallen hören konnte. Überhaupt schien das Studentenheim ein Haus ohne Menschen, obwohl die meisten Wohneinheiten belegt waren.

In der Küche setzte Mona einen Tee auf, und Chrystian betrachtete mit Verwunderung ihr kleines Zimmer. Schwarze Möbel, ein schwarzes Bett und weiße Vorhänge. Keine Bücher, keine Blumenvasen, nicht einmal ein Plakat schmückte die Wand. Auf dem Schreibtisch, an dem Chrystian auf einem Drehstuhl Platz genommen hatte, waren Papiere ausgebreitet, ein Apple-Notebook rauschte leise, und überall auf dem Boden und auf dem Sofa lagen Monas Kleider und ihre Unterwäsche. »Ich habe den ganzen bunten Firlefanz in die Abstellkammer verbannt«, sagte sie, als sie mit dem Tee hereinkam, »falls du dich fragst, warum es hier so leer ist. Ich hab tief geschlafen, als du geklingelt hast.«

Sie stellte das Tablett auf den Couchtisch und ließ sich auf seinem Schoß nieder.

»Bist du mir nicht böse, dass ich dich so plötzlich überfalle?«

»Du bist nicht mein erster Mann. Ein bisschen kenne ich euch schon …«

»Sprich nicht mehr ...«, sagte er.

»Ohne Musik kann ich es nicht tun ...«, antwortete Mona, sprang auf und schaltete das Radio auf der Fensterbank ein.

Sie platzierte sich direkt vor seiner Nase und drückte seinen Kopf an ihren Bauch.

»Ich bin Jüdin«, begann sie und löste ihren um die Hüften gewickelten Pullover. »Meine Eltern stammen aus Bromberg – Bidgoschtsch. Sie sind Jiddische, keine Orthodoxen. Das einzige Fest, das sie feiern, ist Jom Kippur. Wir hießen früher Goldbaum. Die neuen Papiere, ausgestellt auf den Namen Gerald Juchelka, haben meinem Opa Samuel trotzdem nichts geholfen. Er wurde nach Stutthof verfrachtet. Die Nazis hielten ihn für einen Kommunisten oder Homosexuellen – ich hab keine Ahnung. Im KZ wurde er verschont und wanderte 1945 aus. Er fand in New York seine Schwester wieder, der Glückspilz! Und du, Chrystian Brodd, hast du schon jemals mit einer Jüdin ...«

»Nein«, sagte er. »Was fragst du mich da eigentlich?«

Seine Haare waren zerzaust, und ein paar Strähnen verdeckten sein linkes Auge. Er schubste sie beiseite: »Und was starrst du mich so an?«

Sie hatte ihn gar nicht angestarrt.

»Chrys! Was ist mit dir?«

»Gar nichts.«

»Ich komme über den Ozean geflogen und lass mich auf dich ein. Reicht dir das nicht?«

»Nein.«

»Ich habe etwas aufzuschreiben. Meine Familiengeschichte. Deswegen bin ich hier. Ist das bei dir endlich angekommen?«

»Deine Familiengeschichte? Nix da! Unsere Geschichte! Sind wir nicht verwandt, durch die Schicksale, die uns mit dem Geserichsee verbinden, mit dem, was dort geschehen ist? Ich kenne diesen See, du noch nicht. Ich bin sein Kind.«

»Und was ist mit mir? Bin ich eine Waise?«

Mona fing an, ihm Löcher in den Bauch zu bohren, eines nach dem anderen, indem sie ihm ein paar Fragen stellte, die er sonst von niemandem zu hören bekam.

»Wer bist du eigentlich? Was machst du den ganzen lieben Tag?«

»Ich gehe mit Bestimmtheit nicht mit der erstbesten Frau, die mir über den Weg läuft, ins Bett. Hat es zwischen uns beiden gefunkt? Das sind so starke Worte. Es hat sich doch nur so ergeben.«

»Ja, aber was ist dein Ziel? Hast du ein Ziel?«

»Und ob. Die ganzen Jahre schon denke ich nur an eines: Wegrennen, nur wohin? Und die Nächte werden immer länger. Ich bin wahrscheinlich strohdumm. Ich weiß nicht einmal, wie die Kirche heißt, in der sich die Leipziger 1989 zum Beten versammelt haben, als das Volk auf die Straßen ging. Und wenn *du* nicht nach Deutschland gekommen wärst, wäre *ich* nie in diese Stadt gekommen. Warum auch?«

»Aber wer bist du, Chrystian Brodd?«

»Kein Großmaul und Querulant wie Michail. Kein Künstler wie Rudi. Ich würde sagen, ich übe mich in Geduld und lauere auf eine Beute, und die kommt, oder auch nicht. Eines schönen Tages werde ich erfahren, wer ich wirklich bin. Aber ich kann den Spieß umdrehen. Was ist mit dir?«

»Ich renne auch weg, sonst wäre ich doch nicht hier.«

»Du bist reich.«

»Geld ist keine Eintrittskarte ins Paradies.«

»Na dann, darauf sollten wir trinken, aber wir haben nichts da. Wie heißen deine Gespenster?«

Sie zuckte die Achseln. Nippte an ihrem Tee. Setzte sich auf einen Hocker. Als wollte sie sagen: blöde Frage.

»Du kennst ihre Namen. Es sind auch deine, schätze ich. Einsamkeit. Tod. Vergangenheit, die einem immer nachhängt. Ein bisschen Sex und zum Schluss über deinem Grab das nutzlose Kaddisch-Gemurmel. Auf Götter würde ich mich nicht verlassen.«

»Trotz alledem gibst du nicht auf, wie ich! Warum nicht? Warum begehen wir keinen Selbstmord? Hm?! Du willst in Polen etwas finden, was du vielleicht in Amerika und Deutschland suchen solltest.«

Er griff nach ihrer Hand – es war genau der richtige Moment, schien ihm –, küsste die schmalen Finger und erhaschte mit einem Blick, dass sich in ihren Augen Tränen angestaut hatten. Vielleicht ist Mona Juchelka, dachte er, mein Hauptgewinn, und ich weiß bloß noch nichts davon, dass ich den Jackpot geknackt habe.

»Ich hasse dich jetzt schon, obwohl wir uns kaum kennen«, sagte sie und trocknete mit einem Taschentuch ihre Wimpern. »Du ähnelst mir zu sehr …«

Du möchtest sie jetzt Zentimeter für Zentimeter abtasten, Monas Gesicht verinnerlichen und abspeichern, wie ein digitales Foto. Und du hast Angst, du könntest spät in der Nacht neben Katharina aufwachen, und das hier in Leipzig wäre dann nur ein Traum gewesen, ein weiterer, misslungener Film, den man selbst gedreht hat, und du fürchtest dich ein bisschen, das Mona zu sagen. Du hast dich von K. noch nicht losgelöst. Es gibt sogar andere Möglichkeiten und Planeten, auf einer anderen Erde bist du immer noch mit K. zusammen, auf dieser Erde, die du dort bewohnst, hast du K. nie verlassen (und dort hat der Zweite Weltkrieg nie stattgefunden, oder die Nazis haben ihn gewonnen), du bist dort nicht nach links, sondern geradeaus oder nach rechts gegangen, oder du bist gar auf halbem Wege wieder umgekehrt, zurück zum Ausgangspunkt vielleicht, den du glaubtest, schon längst aus den Augen verloren zu haben, und aus dem Sinn. Und wo ist nun dieser Anfang? Dein Omegapunkt, deine Auferstehung? Nicht doch hier bei Mona? Wirst du sie beschenken oder verletzen und anschließend verjagen? Bei K. hast du nie Angst davor gehabt, dass sie in deinen Händen zerbrechen könnte, dass du ihr ernsthaft wehtun könntest, nicht physisch, o nein, um Gottes willen, du schlägst niemanden, obwohl du es vielleicht endlich tun solltest.

Und was macht Mona? Sie hilft mir beim Ausziehen, und sie wartet vielleicht darauf, dass ich etwas sage, aber ich schweige.

Er hätte viel dafür gegeben, ihre Gedanken zu kennen, in diesem Moment.

Was denkt sie? Warum fragst du sie nicht? Und warum ist sie traurig? Sie sagt nichts.

Wahrscheinlich existierten so viele Monas, dass es unmöglich war, sie alle auf einem Platz zu versammeln. Wahrscheinlich gab es keine einzige M., die echt war, aber für ihn war jetzt Mona Juchelka die Urmutter aller M.

Sie legten sich auf den Teppich, er rutschte zu ihrem Bauchnabel, dann weiter nach unten, Mona bremste ihn nicht, ihre Hände strichen ihm durchs Haar, als er ihren Slip hinunterzog. Sie spreizte ihre Beine. Es gab kein Zurück mehr. Er kniete vor Mona nieder, eingekeilt von ihren Beinen, und bückte sich über ihren Bauch und das Triangel mit dem lockigen, dunkelbraunen Schamhaar. An den Seiten war Mona rasiert, sie hatte nur einen schmalen Streifen in der Mitte gelassen. Sie roch ungewöhnlich intensiv, aber er mochte ihren Geruch auf Anhieb. Sie bat Chrystian, sie auf den Mund zu küssen.

»Du bist nicht beschnitten«, sagte sie zufrieden nach einer Weile.

»Natürlich nicht.«

Später, als sie beide von der Kälte geweckt wurden, krochen sie ins Bett. Sie wiederholten all die Dinge, die schlimmen und die guten, die sie brauchten. Es war wie mit einer abgekarteten Sache, längst geklärt und erledigt. Und er hatte die Ejakulation nicht zurückhalten können, als sie schrie, mit halb erdrosselter Stimme. Ihre Nachbarin Yumiko hatte bestimmt nichts Verdächtiges gehört. Chrystian kam nicht zur Ruhe: Willst du davon, dass du mit Mona gevögelt hast, deinen Freunden in Bremen erzählen und vor ihnen damit prahlen? Nein, du wirst es niemandem sagen, diesmal nicht, diesmal ist alles anders.

Sie lagen unter der Decke, umschlungen, erschöpft, halbwach und -verrückt, und Mona sagte plötzlich: »Ich möchte dich noch einmal bitten, mit mir für eine Woche nach Iława zu kommen, zu deinem Onkel.«

Sie streichelte mit gespreizten Fingern seine Brust und Rippen und gähnte. Sie küsste ihn auf den Hals.

»Warum soll ich das tun?«, fragte er.

»Ich weiß nicht. Für dich vielleicht? Oder gar für uns? Ich jedenfalls würde mich freuen, wenn du mich begleiten würdest. Du hast mir neulich am Telefon einen Korb gegeben, soll ich jetzt einfach kapitulieren? So schwach bin ich doch nicht.«

»Nein. Du bist groß und stark. Lass uns wieder schlafen. Wir sind müde und reden beide Unsinn.«

Der Morgen brachte eine Salve von Anrufen aus Bremen und New York. Chrystian bedauerte schon, dass er sein Handy dabeihatte. Rudi erklärte, er wäre am liebsten in Tanger. »Ich wünschte, ich hätte alles auf eine Karte gesetzt. Ich wünschte, ich könnte dir sagen, ich verabschiede mich gerade von der goldenen Küste Marokkos und fahre nach Spanien. Würdest du mir dann die Daumen drücken, Junge?«, blökte er Chrystian ins Ohr. Er sagte auch, dass er in Spanien sein ganzes Leben verbringen könnte. Sein Freund Malono hätte eine Finka, sie sei nichts Besonderes, aber sehr schick. Das Haus stehe auf einem Berg in der Nähe von Cómpeta, einem Dörfchen, dort sei der Himmel glasklar, insbesondere nachts. Die Sternschnuppen seien so groß wie Äpfel und würden haufenweise ins Tal purzeln, jede Nacht praktisch. Man könne sie mit einem Wäschekorb einfangen und jeder Wunsch, den man sich in diesem Tal denke, würde irgendwann in Erfüllung gehen. Der Strand sei mit dem Auto in nur einer halben Stunde zu erreichen. Man könne sogar angeln: »Hörst du? Angeln!«

Dann sagte er plötzlich: »Die hören uns bestimmt ab.«

Chrystian bewies Geduld, konnte sich aber einen Satz nicht verkneifen: »Rudi! Hast du nichts zu tun?«

Mona telefonierte mit ihrer Mutter. Und das dauerte Stunden.

Dann kam wieder der nächste Anruf von Rudi, der immer das letzte Wort haben musste. Er sagte, er würde am Wochenende doch nicht zu Malono nach Spanien fliegen. Und ihr beiden? Wir wollen vielleicht nach Masuren, sagte Chrystian und merkte gleich, dass Rudi gerne mit ihnen mitkommen würde.

Die Japanerin bereitete das Frühstück vor, kochte drei Eier und schmierte sich ein Brötchen für die Uni. Sie war nett, aber nicht besonders gesprächig.

»Viel Erfolg«, sagte Chrystian, als ihm Yumiko in der Tür zum Abschied winkte. Hm, wie wär's denn mit einer Japanerin?, schoss es ihm durch den Kopf, wenn ich schon eine Amerikanerin verführt habe.

Er köpfte sein Ei und versuchte, den Gedanken an seine Mutter zu verdrängen. Manche taten so, als hätten sie nie

Eltern gehabt. Ihre Kindheit war abwesend. Es schien, als wären sie erst mit fünfunddreißig geboren. Sie konnten gleich lesen, schreiben und ihren Beruf ausüben, als sie auf die Welt kamen. Rudi war so ein elternloser Mensch.

Irgendwann überkam ihn große Lust, den Stecker des Telefonkabels aus der Wand zu ziehen, doch für solche Reaktionen war es noch zu früh. Er kannte diese Frau kaum. Er hatte im Grunde keine Ahnung, mit wem er die letzte Nacht verbracht hatte. Und das, was er für sie spürte, war noch vage und unberechenbar: mal ein flaues Gefühl, mal ein feuriges – auf jeden Fall nichts Verständliches.

Als Mona endlich den Hörer auflegte, war es schon nach zwölf. Sie hatte noch nicht geduscht und setzte sich im Bademantel an den Küchentisch. An ihren rosafarbenen Fersen und Fußsohlen klebte Staub vom Boden.

»Ich sollte nach Hause fahren«, sagte er. »Ich verstehe nicht, was ich hier in Leipzig eigentlich tue.«

»Muss man so was verstehen? Männer müssen offenbar. Du könntest dir wenigstens die Stadt angucken. Danach entlasse ich dich!«

Sie frühstückten, duschten zusammen und machten sich auf den Weg zu seinem Wagen. Als sie den Parkplatz verließen, sagte Chrystian: »Wenn du bei uns deine Landsleute vermissen solltest, musst du zurück nach Amerika, oder geh nach Haifa!«

»Du übertreibst!«

»Ja? Wir morden doch ununterbrochen weiter.«

»Ich nicht. Und du auch nicht.«

»Zum Teufel mit der Menschheit! Wir haben vor allem

uns, Mona, und ein bisschen Money im Portemonnaie. Lass uns einkaufen – wo und was du willst. Kleider, Schuhe, Schmuck! Schokolade und Ananas, wie an Weihnachten, und guten Wein! Und später nehmen wir uns einen Mittagstisch beim Chinesen. Einverstanden?«

Mona nickte zustimmend, und Chrystian fügte hinzu: »Und nach dem Chinaman gehen wir zum Reisebüro und stornieren deinen Flug …«

»Ach ja?«

»Wenn wir heute noch nach Bremen aufbrechen, könnten wir am Freitag schon unterwegs Richtung Polen sein und unsere erste Nacht fortsetzen. Ohne irgendwelche Versprechen abgeben zu müssen.«

»Also hast du dir es doch überlegt!« Sie freute sich. »Schön! Aber bevor wir losfahren, möchte ich mir noch diese Kirche anschauen, von der du gestern Abend gesprochen hast.«

Die Einladung zum spontanen Shopping war eine gute Idee, dachte er. Er hatte sich doch nur einhundert Euro für die Tour nach Leipzig gepumpt, und das war zum Leben zu wenig, zum Sterben zu viel. Und der Trip nach Iława, wie sollte er den dann bezahlen? Und wollte er das überhaupt? Das letzte Mal war er 1990 dort am Geserichsee gewesen.

Vielleicht würde Rudi ihn retten, sein technisches Hilfswerk – schließlich sollte er ein beachtliches Sümmchen zusammengespart haben (so munkelte man zumindest in seinem Café), außerdem verfügte Rudis Volvo über eine Klimaanlage und bequeme Ledersitze. Der VW war ein

Großvater, der lieber zu Hause bleiben sollte, der Rentner, der ausgedient hatte. Wie sollte er die weite Strecke schaffen? Seine größte Schwäche war die Wasserpumpe, sein Herz sozusagen, und ohne Herz sollte niemand in ein Land wie Polen aufbrechen. »Wasser, Wasser!«, würde der VW betteln. Chrys, du kannst doch nicht alle dreihundert Kilometer Wasser nachfüllen und beten, dass alles gut geht. Das wäre Wahnsinn. Und du kannst nicht Mona noch darum bitten, dass sie ihre Kreditkarte rausrückt, um einen Mietwagen zu bezahlen.

»Ist was?«, fragte Mona, als sie durch die Einkaufspassage mit den Boutiquen schlenderten. »Was sagt mir deine besorgte Miene?«

Sie sagt, dachte er sich die Antwort, die er Mona nicht geben konnte, dass ich notorisch pleite bin und dass ich anfange, das Geld zu lieben, und dass ich zum Äußersten bereit bin – wenn es sein muss, verkaufe ich eine von meinen Nieren, auf dem Schwarzmarkt in Belgrad oder Sofia. Man muss ja Menschenleben retten! Das steht in jedem heiligen Buch.

Mona kaufte sich einen Sommerrock, er eine Schachtel Camel, dann aßen sie Pizza aus der Hand und ließen den Flug nach Warschau stornieren.

»Du hast dich also entschieden? Oder was muss ich noch anstellen, damit du mir eine klare Antwort gibst?«

»Vor allem solltest du davon nicht mehr reden. Regel Nummer eins. Regel Nummer zwei: Verhalte dich ganz normal. Ich hab mich *für dich entschieden*!«

»Mazel tov!«, sagte sie.

»Was heißt das?«

»Dass du unter einem guten Stern geboren wurdest – nein, es bedeutet – mein Glückwunsch!«

»Okay! Danke! Das ist wohl der richtige Zeitpunkt, um die berühmte Kirche zu suchen.«

3

Am Abend waren sie wieder in Bremen. In seinem Briefkasten steckte ein ominöser Umschlag: Absender war die Universität, genau genommen das Institut… Was wollen die denn? Meinen Magistertitel aus dem Verkehr ziehen? Mir die gute Laune verderben? Er legte den Brief auf seinen Schreibtisch, neben die Computertastatur: »Den mach ich erst auf, wenn wir was getrunken haben«, sagte er zu Mona feierlich. »Es kann nur eine schlechte oder eine gute Nachricht sein. Die wollten doch von mir nichts mehr wissen, die Profs, als ich mich um eine Doktorandenstelle beworben habe.«

Auf dem Anrufbeantworter wartete eine Beschwerde. Sein Vater empörte sich darüber, dass er sich nicht melde, wo doch Michail nach Berlin umziehen müsste, an diesem Wochenende, und dringend Hilfe bräuchte. Chrystian rief seinen russischen Bruder umgehend an, aber der war ganz gelassen. Nein, es sei alles bestens, seine Kommilitonen würden ihm beim Umzug helfen.

Du fährst doch mit Mona nach Masuren. Woher weißt du das? Na, ist doch einfach. Was sagst du da? Komm, ich weiß Bescheid. Nein, du hast keine Ahnung. Es ist Urlaub. Wie dem auch sei, er würde schweigen, sagte Michail. Dann schweig. Wie ein Grab.

Es regnete, es hatte schon auf der Autobahn die ganze Zeit geregnet, und jetzt begann ein schwerer Sturm mit Donnern, der Abend wurde zu einer einzigen Blitzkanonade, die Monas Gesicht erhellte und zum Erblassen brachte. Dann klingelte Chrystians Nachbarin an der Tür, die allein erziehende Mutter. Sie übergab ihm ein Kuvert von Rudi, sie war überaus freundlich und erwähnte mit keinem Mucks ihre alte Klage über die laute Musik, diesen Scheißkrach mitten in der Nacht. Beethoven war nicht gerade ihr Liebling.

»Na so was, noch ein Umschlag«, sagte Chrystian, als er das Kuvert betrachtete.

»Was ist das?«, fragte Mona.

Chrystian riss den Umschlag auf und sagte: »Fünfziger! Lauter Fünfziger! Ich fasse es nicht!«

Das hättest du nicht sagen sollen. Mensch. Was für ein interplanetarischer Idiot bist du eigentlich?!

Er zählte die Scheine nach, es waren genau dreihundert Euro. Und ein kleiner Zettel fiel auf den Boden: Dein Passierschein in die Hölle – Gruß, Rudi.

»Was ist das?«

»Ach nichts! Es gibt ehrenwerte Leute, die ihre Schulden begleichen«, log er, »und Rudi gehört zu einer solchen Spezies.«

Die Welt hatte Nachsicht mit manchen ihrer Genossen. Da waren gerade dreihundert Euro in seine Wohnung hereinspaziert, und keiner konnte es abstreiten, dass dies ein freudiges Ereignis war.

Wir haben es nicht nötig, und wir haben es nötig, aber diesmal haben wir es bitternötig, schmunzelte Chrystian.

Er küsste Mona auf die Nase, jetzt wollte er die tausend Kilometer nach Iława sofort zurücklegen, die bevorstehenden Strapazen durch lange Küsse mildern, Mona durchwandern und dann mit ihr noch weiter gehen und wieder zurück nach Hause in Klein-Brooklyn – fünfzehn Stunden im Auto, wie hält sie das aus?

Mona packte ihren Rucksack aus. Sie breitete ihre Schminksachen, Cremes und Duschgels im Badezimmer aus, holte sich aus dem Schrank ein Handtuch, kämmte sich die Haare und tat dies alles mit einem Selbstbewusstsein, das besagte: Chrys, ich bin bei dir eingezogen, und jetzt musst du dich auf einige Änderungen in deinem Leben gefasst machen.

»Hast du in Amerika einen Mann, den du mit mir betrügst?«, fragte Chrystian, stellte sich hinter sie und legte die Hände auf ihren Bauch. Sie betrachteten ihre Gesichter im Spiegel und erschauderten: Und wir sollen dieses Liebespaar sein?

»Und was wäre, wenn ich einen Typen hätte, was würde dann passieren?«

»Nichts.«

»Es dürfte dir egal sein, ob ich verheiratet bin oder alleine lebe.«

»Mir ja, aber dir vielleicht nicht.«

»Lass das meine Sorge sein.«

Der Regen schlug gegen die Scheiben und machte ab und zu ein Geräusch wie ein Maschinengewehr. Chrystian hatte im Balkonzimmer das Fenster angelehnt, es regnete herein, und auf dem Boden bildeten sich bereits kleine Lachen. Es roch in der ganzen Wohnung nach frischer Regenluft.

Mona drehte sich um und fragte: »Wie geht es deinem Sohn?«

»Ich werde mich morgen von ihm verabschieden und Neuigkeiten von seiner Mutter in Empfang nehmen. Hoffentlich keine nervenaufreibenden.«

Sie verzichteten auf ein langes Bad, legten sich auf das Sofa und hörten dem Regen zu. Es war dunkel in der Wohnung, die Stereoanlage spielte Streichquartette von Beethoven, nur über dem Spülbecken brannte Neonlicht.

»Eines Tages werde ich mir Boreas zurückholen. Er wird meiner sein, entgegen allen Beteuerungen von Katharina.«

Als er Vater geworden war, wusste er, dass Boreas niemals die Kindheit haben würde, wie er sie in Iława erlebt hatte. Im Wald und am See und Lagerfeuer. Sein Sohn kannte keine Nachtfalter und Feldgrillen und Barsche und war noch nie am Geserichsee gewesen.

»Wo bist du aufgewachsen? In einem New Yorker Hochhaus aus Stahl und Beton?«

»Unsinn, kein Mensch wohnt in Hochhäusern. In der Villa meines Onkels, in einem Vorort. Aber seit einigen Jahren wohne ich in Greenwich Village. Ich hab mir dort ein Apartment gekauft.«

Jetzt fiel ihm wieder der Brief von der Universität ein. Er überlegte, ob er ihn holen sollte. Aber er hatte keine Lust, Mona auf dem Sofa allein zu lassen. Sie hatte es sich bequem gemacht, eine Strickjacke angezogen und ihre Beine hochgelegt, sodass er auf der Seite liegen musste, auf der Kante des Kanapees.

»Ich habe mir noch nie etwas aus Geld gemacht, noch nie«, begann er. »Aber das wird jetzt anders.«

Er richtete sich auf und goss seinen spanischen Weinbrand in zwei Gläser, ordentliche Mengen. Etwas anderes, was er Mona anbieten könnte, hatte er nicht im Hause.

»Du denkst, dass ich von meiner Mutter wohlbehütet und im materiellen Überfluss herangezogen wurde«, sagte Mona. »Aber das stimmt nicht. Ohne meinen Onkel und Opa wären wir genauso arm gewesen wie die meisten Immigranten aus Osteuropa.«

Sie genehmigten sich einen Schluck. Chrystian schnappte sich seinen Brief und öffnete ihn, während Mona in einem Buch blätterte, das sie auf dem Couchtisch entdeckt hatte. *Die Physik der Unsterblichkeit* hatte er sich für das Seminar gekauft, an dem er bis zum Diebstahl seines Autos teilgenommen hatte. Der dicke Wälzer handelte vom Zusammenschluss der modernen physikalischen Erkenntnisse mit den Ideen der christlichen Religion. Es war keine intellektuelle Esoterik im Sinne von Fritjof Capra und New Age, sondern echte Wissenschaft – Quantenphysik, anstrengend und schwer zu verstehen. Doch die Tatsache, dass der Autor behauptete, die Auferstehung aller Materie sei an einem Punkt in der Geschichte des Universums realistisch und vorstellbar, hatte Chrystian neugierig gemacht. Jeder Körper, der einmal existiert hatte, würde irgendwann zurückkehren und womöglich alles wiederholen müssen. Es würde an dem so genannten Omegapunkt geschehen, den nicht nur jedes lebendige Wesen erreichen müsste, sondern auch jeder Gegenstand, jedes tote Atom. Rein theoretisch. Was er aus diesem Buch und dem Seminar begriffen hatte, war, dass es vielleicht die Unsterblichkeit doch gab – man konnte sie bloß nicht sehen, und das war trotzdem allerhand: nicht mehr und weniger als das, was die Bibel versprach, nach der Apokalypse.

Er las das Schreiben zu Ende und grinste. Sein alter Professor Gräser bot ihm einen Job an. Nichts Spektakuläres. Nicht einmal sein Assistent sollte Chrystian werden, zumindest nicht sofort.

Der Gräser brauchte jemanden für die Recherchen, da er beabsichtigte, ein neues Werk zu schreiben: über die Jugendkultur nach 1990 in Russland. Chrystian sollte im August anfangen, und wenn sich alles gut entwickeln würde, könnte man sogar eine Assistentenstelle einrichten – unter der Voraussetzung, dass er ein interessantes und durchdachtes Konzept für eine Doktorarbeit vorlegte.

»Ich kann mich erinnern, dass deine Magisterarbeit ausgezeichnet gewesen ist«, schrieb der Gräser. Wunderbar! Du kannst mich mal!

Er gab Mona das Schreiben, die *Die Physik der Unsterblichkeit* nicht aus der Hand legen wollte.

»Lies doch mal, was mir mein Professor vorschlägt.«

Sie überflog den Brief und sagte: »Du solltest es machen. Du wärst doof, wenn du sein Angebot ablehnen würdest.«

»Meinst du?«

Er schob seine Hand zwischen ihre Beine, und dort im Schritt war es warm, er öffnete den Reißverschluss ihrer Jeans und arbeitete sich bis zum Slip durch. Weiter als bis zu den kratzenden Schamhärchen kam er allerdings nicht, dazu war es zu eng.

»Du musst dich wohl ausziehen. Sonst wird das nichts«, sagte er und atmete tief durch: »Für eine Universitätskarriere ist es zu spät. Dafür bin ich zu alt. Der Blödmann sucht nur nach einem Sklaven.«

»Du hast nichts zu verlieren.«

Monas Zunge schnellte bei jedem Kuss in seinen Mund. Sie war klein, schmal, spitz und schmeckte bitter nach Weinbrand. Er sagte nichts mehr. Er ließ Mona entscheiden, was weiter geschehen sollte. Sie hatte eine kalte Stirn, ihr Hals war aber heiß, und er betastete ihre Wirbelsäule, die sich krümmte und wieder gerade wurde. Sie massierte seine Brust, glitt vorsichtig und Küsse verteilend nach unten, als würde sie sich an einem Seil herablassen. Schließlich packte sie seinen Schwanz. Ihre Hände und ihr Kopf bewegten sich langsam, wurden plötzlich schneller, und er beobachtete das rhythmische Pulsieren und fühlte sich dabei fremd, obwohl es ihm Spaß machte. Er spürte kaum ihre Zähne, Mona gab sich große Mühe, ihm nicht wehzutun, auch in dem Moment, als sie an Kraft und Geschwindigkeit zulegte. Sie behielt sein Glied im Mund auch dann noch, als der Erguss längst zu Ende war.

Dann kam sie wieder zu ihm hochgekrochen, und er wischte mit dem Daumen über ihre verklebten, nassen Lippen. Sie legte sich so hin, dass ihr Kopf auf seiner rechten Schulter ruhte. Sie schaute ihn schweigend an, ihre Augen glitzerten vor Zufriedenheit und Erschöpfung. Chrystian strich ihr einmal durchs Haar und besann sich plötzlich, dass er sie hatte fragen wollen, wie sein Sperma schmecke. Anders als bei anderen Männern? Natürlich anders, jedes Mal. Aber wie, Mona? Und mit ihr war es so gut gewesen wie in seinen Erinnerungen an das erste Angeln am Geserichsee, mit den Jungs aus dem Dorf oder mit seinem Vater. Es war so gut gewesen wie beim ersten Tischtennisspiel im Jugendklub des Erholungszentrums »Jeziorak«. Er hatte schon längst vergessen, dass solche Erinnerungen an den Knaben Chrys überhaupt noch vorhanden waren.

»Was ist, woran denkst du?«, fragte Mona.

»Du bist mir überlegen …«

»Warum? Nur weil ich's dir erleichtert hab, zu ejakulieren? Ich hatte auch meinen Spaß. Es ist wahr, dass es selten ist, dass zwei Partner gut zueinander passen. Wie Bausteine in einem Legospiel. Offensichtlich sind wir ein zufriedenes Paar, kein wankelmütiges. Um ehrlich zu sein – ich hab es nicht einmal in Erwägung gezogen, dich näher kennen zu lernen, als ich auf dein Foto im Internet stieß. Du warst mir egal. *Ein Tischtennisspieler?! Wie langweilig!* war mein erster Eindruck.«

»Da staunen wir beide! Was meinst du, was ich gedacht hab, als ich dich am Flughafen sah! *Was will die denn hier?* war mein erster Gedanke. Und ich bin mir sicher, dass mein Alter überhaupt nicht begreift, was du vorhast. Und vielleicht weißt du es selbst noch nicht so genau, aber das steht auf einem anderen Blatt. Gustaw hat Angst, dass du durch deine Recherchen etwas Ungeheures ans Licht bringen könntest, und ein Schandfleck auf seiner Ehre würde ihn empfindlich treffen wie ein Torpedo, sein Untergang wäre dann eine beschlossene Sache. Er sorgt sich immer darum, was die Leute über ihn und unsere Familie sagen. Er hat mich vor dir gewarnt. Er ist kein Dummkopf. Manchmal denkt er sich aber die Welt kleiner, als sie in Wirklichkeit ist. Und eine Jüdin hat nach seiner Vorstellung hier in Bremen, in seiner Welt, nichts verloren.«

Mona setzte sich und fragte: »Hast du eine Zigarette? Ich hab nie welche dabei. Ich möchte jetzt rauchen.«

Er gab ihr die Schachtel Camel, die er auf der Ablage unter dem Tisch versteckt hatte.

»Gustaw ist ein guter Mann«, sagte sie. »Sonst wäre er nicht dein Vater. Lass ihn philosophieren. Und er wird mich nie wieder sehen. Wozu auch?«

»Bist du dir sicher? Pass auf, ich les dir was vor – aus diesem dicken Schinken, den du dir so konzentriert angeschaut hast. Und danach gehen wir zu Rudi. Okay?«

Sie rauchte ihre Camel, nahm einen Schluck Veterano und sagte: »Ich bin ganz Ohr.«

Chrystian suchte nach einer Passage, die den Omegapunkt erklärte. »Wir müssen uns allerdings beeilen. Heute ist Mittwoch, und Rudi verlässt sein Café etwas früher als sonst.« Er fand die Passage, die er zitieren wollte, und fing an zu lesen.

Im »Hering« war nicht viel los. Wenn auf dem Podium junge Dichter auftraten und ihre Texte vorlasen, oder wenn Rudi einen neuen Künstler vorstellte, war das Café meist überfüllt. Menschen lehnten an den Wänden, kauerten auf dem Boden oder zwängten sich im Zigarettendunst durch die Menge. Aber an gewöhnlichen Tagen hatte Rudi ein bisschen Pech mit seinen Gästen. Umso größer war seine Freude, als er Chrystian mit Mona hereinkommen sah. »Wie geht's?«, fragte er.

»Meine hübsche Begleitung kennst du ja«, sagte Chrystian, als er sich mit Mona an die Theke setzte; er war schon einigermaßen angetrunken, in seinen Adern floss der Weinbrand, den sie zu Hause geleert hatten. »Danke für die Kohle«, sagte er leise. Rudi nickte, und Mona wehrte sich: »Chrys, verschon mich bitte mit deinen Komplimenten! Ich weiß, wie ich aussehe.«

Sie orderte einen Pinot Grigio, er ein Pils.

»Meinen Laden kann ich nicht mehr ertragen, ich brauche dringend eine Pause«, begann Rudi, als er ihre Bestellung vorbereitete, »ich wollte Malono besuchen, aber er hat keine Zeit!«

»... bei meinem VW hat jemand heute Abend auf der Beifahrerseite die Scheibe eingeschlagen«, sagte Chrystian. »Ich weiß gar nicht, was ich machen soll. Wir müssen am Freitag zu Onkel Erwin nach Polen.«

Mona machte große Augen und wollte gerade etwas sagen, aber Chrystian kam ihr zuvor und stieß sie ans Bein.

»Ist doch kein Problem. Nehmt ruhig meinen Wagen«, freute sich Rudi. »Aber jetzt mal 'ne andere Frage: Warum ist der Zitzmann nicht nach Spanien geflogen – oder wenigstens nach Thailand – wenn er doch die Schnauze so voll hat?«

»Keine Ahnung. Das wird er dir selbst erklären müssen«, meinte Chrystian und lachte.

Einmal war Rudi erfolgreich gewesen. Als Dozent für Kunst und als Maler. Und einmal hatte er eine Frau geliebt. Sie lebte schon seit den späten Achtzigern in Frankfurt am Main, er hatte zu ihr keinen Kontakt mehr. Und seine ersten Bilder? Alle verkauft. Und das Geld? Auf dem Sparbuch. Oder gut angelegt. Keine weiteren Auskünfte. Und die neuen Arbeiten? Er spekulierte darauf, dass er eines Tages entdeckt und groß rauskommen würde. Ohne internationale Ausstellungen? Nein, der richtige Zeitpunkt sei entscheidend, betonte Rudi, das ganze Werk müsse reifen, und irgendwann würde jemand das zu schätzen wissen, dieser Jemand könne vielleicht schon morgen mit einem Aktenkoffer aufkreuzen, und wenn nicht, dann eben ein anderes Mal. Aber er sei sich sicher, dass es passieren würde: »Ich bin mein eigener Agent! Ich führe die Verhandlungen selbst!, sage ich mir, und im nächsten Moment: Du bist alt geworden, Rudi! Du hast keine Kraft mehr für eine Revolution. Deine Galerie reicht dir vollkommen.«

Er war 1974 nach Bremen gekommen, weil ihn die neue Universität gerufen hatte, die damals gnadenlos aus dem Beton gestampft wurde. Aber selbst dieser Abschnitt seiner Biografie war nur eine Seifenblase. Man hatte große Taten vollbracht, geblieben war aber nichts Handfestes.

Rudi hatte Schwierigkeiten, Chrystian zu erläutern, wofür er eigentlich damals gekämpft hatte.

Und die neuen Bilder, die Rudi seit den Neunzigern malte? Es handelte sich um unendlich viele Portraits von Menschen, die täglich sein Café aufsuchten: Studenten, Bohemiens, Hochschullehrer, Säufer, Künstler, Touristen aus der Provinz. All diese unbekannten Leute erschienen Chrystian in diesem Augenblick eigenartig starr, als hätten sie ihre Gesichter gegen jene von ihren Ausweisfotos getauscht. Die Bilder waren zum Greifen nahe, und doch unerreichbar. Chrystian hätte sie selbst gern gemalt: Im Café, nachts im Suff, war er ein Genie, ein Allroundtalent, ein Experte auf jedem Gebiet, ein ausgezeichneter Kunsthistoriker, Naturwissenschaftler und Politologe. Sobald er jedoch nüchtern wurde und Rudi zum Pinsel griff und die Leinwand erobert werden musste – mit wenigen Strichen und Kreisen –, stürzte Chrystian von seinem hohen Ross, der Ikarus der hohen und sonnigen Lüfte. Das Genie in ihm verwandelte sich in einen Zwerg, der laut schrie und nichts bewirkte. Er hasste diesen Zwerg, er war sein ärgster Feind, sein räudiger Hund und sein stiller Tod. Chrystian gegen Chrystian im Boxring. Und Rudi malte und weinte.

Jetzt sah Chrystian das Liebespaar von der letzten Nacht, den Siebenunddreißigjährigen, der ihn selbst darstellte, und die junge Frau aus Amerika. Sie schliefen in ihrem Leipziger Bett, wachten auf, stöhnten leise, ihre Körpersäfte vermengten sich miteinander. Er sah sie in der Reiterposition. Sie waren stolz, jung, würdevoll. Nichts konnte sie aufhalten, und er musste nur noch weitertrinken. Die

Ziffern von Monas digitalem Wecker flimmerten gigantisch wie eine Reklame. Halb elf, halb zwölf. Was zählte er da? Wo war er jetzt?

Sie blieben bis Mitternacht, Rudi hatte seine Schicht verlängern müssen, weil seine Vertretung krank geworden war. Er sagte: »Ihr seid ja ganz schön besoffen. Ich bringe euch lieber nach Hause.«

Sie torkelten nach draußen, es goss in Strömen, Mona öffnete den Café-Hering-Regenschirm, und Chrystian hörte überall die Streichquartette von Beethoven, sie waren allgegenwärtig, der Regen hatte seit ihrer Ankunft in der Hansestadt nicht nachgelassen, der Beethoven hatte ihn geschaffen, diese Flut, die den Bürgersteig unter Wasser setzte. Er sah plötzlich überdimensionale Elefanten auf der Straße tanzen: »Scheiße! Ich kriege die Paranoia«, schrie er Rudi an, der ihn am Arm zerrte, damit sich Chrystian nicht auf die Schnauze legte. Er hatte sich auf der Toilette einen Joint gedreht, ein dünnes Zigarettchen aus einer Überraschungstüte von Rudi, und nur drei Züge genommen, aber das reichte, das reichte vollkommen, um Elefanten zu sehen.

»Hört mir alle zu!«, brüllte er in die Nacht. »Mein VW ist in Ordnung, ich hab nur geblufft, da wurde keine Scheibe eingeschlagen! Aber der Volvo ist jünger und hat beheizbare Ledersitze und eine Klimaanlage …«

Der Nachhall seiner Worte zwischen den Häusern war auch für ihn selbst viel zu laut: »In meinem Hirn explodieren Bomben«, schrie er.

»Sei still, du weckst noch die Toten aus ihren Gräbern«, sagte Mona und versteckte ihr Gesicht unter dem Regenschirm, und wenn sie noch nie Kopfschmerzen bekommen hatte – dann jetzt. Wann denn sonst, wenn nicht jetzt? Sie hängte sich bei Rudi ein, der angestrengt schnaufte. Seine Glatze schien Chrystian riesig groß. Wie der Vollmond.

»Du bist natürlich nüchtern, Rudi!«, sagte er. »Mona! Was hältst du davon? Der Typ ist eine Wachsfigur! Guck dir seine Glatze an! Ein Möchtegern-Majakowski, dieser Zitzmann!«

Mona zwängte sich in die Mitte, der Regenschirm schwebte über ihren Köpfen, und Rudi fragte: »Hast du meine Tüte aufgeraucht, Chrys?«

»Du kriegst nichts ab, ich schwör's bei Gott! Du kriegst nichts ab!«

Als sie endlich vor Chrystians Haus standen und er nach dem Wohnungsschlüssel suchte, sagte Mona: »Du hast ihn verloren!«

»Nein, er ist da! Hier, schließ du bitte auf!«

Er hatte seine Hosentaschen durchwühlt und nach außen gekehrt, die Krümel auf die nasse Erde geschüttet, Tabak und Papierschnipsel und Sandkörner: »Was hat der Sand in meinen Hosentaschen zu bedeuten? Dass ich bald ins Gras beißen werde?«

»Der redet wie im Fieber – ich höre mir das nicht mehr länger an!«, entgegnete Rudi.

»Nein, komm doch mit hoch, ja, bitte«, bat Mona, »er ist besoffen, irgendwann platzt er wie ein Luftballon.« Sie traf nicht das Schloss der Eingangstür, Rudi musste ihr helfen.

»Ich glaub, ich bin auch betrunken«, sagte sie, »ich war noch nie so betrunken, ich muss zurück nach Leipzig, zu Yumiko, zu meinem Reisebüro, zurück nach Stutthof.«

»Mona, was quatschst du da?« Chrystian gab ihr einen nassen Kuss auf die Wange, und dann stiegen sie die Treppe hoch. Ihre Schritte donnerten auf den Stufen wie Hammerschläge, die blonde Mutter von dem Dreijährigen würde sich freuen, und Chrystian wäre beinah umgekippt und weiß Gott wohin gestürzt, doch er fing sich am Geländer. Am Ende kroch er die breite Treppe bis zu seiner Wohnung auf allen vieren hinauf.

Sie hängten ihre durchnässten Kleider auf und trockneten sich ab.

Es ist noch nichts verloren. Es wird alles gut. Chrystian schaltete seine Stereoanlage ein, ein altes Schneider-Modell aus dem Versandkatalog, nur der DVD-Player war neu, von seinem Arbeitslosengeld gekauft. Er legte eine CD von Peter Gabriel ein. Das Finale, der Song *Here comes the Flood*, war der absolute Höhepunkt auf dieser Scheibe.

Rudi baute sich gerade einen Joint. Er schnaufte immer noch, um seine Kondition schien es nicht gut bestellt zu sein. Was für ein Jammer, wenn der Chagall eines Tages abdanken wird, dachte Chrystian, nur bitte nicht gerade heute! Wir wollen doch alle Gilgamesch werden! Götter, habt mit uns Sterblichen Erbarmen! Vor allem mit Rudi! Kaum zu glauben, dass der fast so alt ist wie Gustaw, vierundfünfzig Jahre.

Mona hatte sich auf der Toilette eingeschlossen. Sie kam lange nicht raus, sie hatte mehrmals an der Spülung gezogen, und dann tauchte sie plötzlich wieder auf, ihre Schminke war ganz verschmiert, sie hatte ein herrliches Kleid an und war barfuß. Sie fing an zu tanzen, schwang ihre Hüften hin und her, und Rudi nahm den ersten Zug, einen tiefen Zug, den er lange in der Lunge behielt, bevor er den Joint weitergab.

»Mona, du bist dran«, sagte Chrystian. »Ich werd Doktorand! Das haben sie mir geschrieben. Und später einmal Professor, ein richtiger Prof an der Uni!«

Das waren seine letzten Worte. Er sank auf das Sofa. Es wurde dunkel um ihn herum. *Here comes the Flood.*

Als er aufwachte, fand er sich zwischen Mona und Rudi in seinem Bett liegen. Er hörte seine Nachbarn auf der Toilette. Die Abwasserrohre machten in der Frühe einen Höllenlärm. Er lag da mit unter dem Kissen verschränkten Armen und drückte sich mit den Ellbogen die beiden Kissenseiten auf die Ohren, und wenn er die Augen geschlossen hielt, begannen sie zu schmerzen. Es war so, als würde er direkt in die Sonne schauen. Er wälzte sich nicht, er fühlte sich nur ausgebrannt, und er fürchtete sich wie ein Maulwurf, im Schlaf in das Licht der Sonne einzutauchen. Seine Gedanken waren chaotisch. Er warf einen Blick unter die Decke. Mona war splitternackt. Rudis Bauch steckte in Boxershorts.

»Na, immerhin bin ich auch nackt und liege in der Mitte«, sagte er sich und versuchte, wieder einzuschlafen. Unter seinem Schädel brummte es, und er war felsenfest davon überzeugt, dass im anderen Zimmer eine Klimaanlage arbeitete. Es war ein konstantes, metallisches Surren.

Nüchtern dürfte er wohl erst am späten Nachmittag werden, dann musste er sich um Boreas kümmern. Er würde mit seinem Sohn und Mona zum Pingpong gehen, wie es Michail spöttisch nannte, und ein paar Runden mit ihnen spielen.

Obwohl er im Tischtennisverein kein Mitglied mehr war, mochten ihn die anderen Spieler nach wie vor und gewährten ihm jederzeit Einlass. Er wäre eigentlich auch gern Mitglied geblieben, aber da war etwas vorgefallen, was ihn zum Austritt aus dem Verein gezwungen hatte. Rudi war Kapitän und erdachte sich nicht selten Regeln, mit denen niemand so richtig glücklich war. Er hatte auch gute Beziehungen zu Werder Bremen, und einmal spendete ihnen der Fußballverein Geld für neue T-Shirts. Das Problem war, dass Rudi die ganze Spende in seine eigene Tasche gesteckt hatte. Er besorgte gebrauchte T-Shirts, ließ sie waschen, bügeln, bedrucken und brachte sie mit, verschweißt in Plastikbeuteln. Daraufhin kündigte Chrystian seine Mitgliedschaft, hatte aber trotzdem ein schlechtes Gewissen, weil er den anderen Spielern von Rudis Betrug nichts gesagt hatte: »Diese Penner sollen froh sein, dass ich ihr Kapitän bin. Dafür kriege ich doch kein Gehalt. Insofern muss ich ab und zu woanders meine Kohle verdienen. Das leuchtet dir doch ein? Oder? Also sei brav wie das Jesuskind, oder tritt aus!«, hatte ihm Rudi damals gesagt.

Nach dem Sportprogramm kriegte Boreas einen Wutanfall. Er hockte sich auf den Parkplatz und heulte, was das Zeug hielt, seine Tränen waren erbsengroß. Mona versuchte, ihn zu beruhigen, aber da war eine dicke Betonschicht, die sie nicht sprengen konnte. Und was war der Grund? Boreas wollte nicht nach Hause zurück: »Ich will mit meinem Papa zum Angeln!«, heulte er. »Am Geserichsee! Warum nehmt ihr mich nicht mit zu Onkel Erwin?«

Chrystian hatte Angst vor dem unausweichlichen Ärger mit Katharina. Er beschloss, Mona als Schutzschild einzusetzen, und bat sie, mit nach oben zu kommen. In ihrer Gegenwart würde Katharina sich vielleicht etwas zügeln.

Am Ende war es dann gar nicht so schlimm – und zwar deshalb, weil Michail da war.

»Das ist also dein Berlin«, sagte Chrystian. »Berlin mitten in Bremen! Und sie ist deine neue Prinzessin!«

Michail sagte: »Hast du was dagegen? Ihr lasst euch doch scheiden …«

»Aber warum du? Ausgerechnet du? So ’ne Niete wie du hat mit meiner Exfrau ein Verhältnis? Einer meiner besten Kumpels? Und was willst du meinem Kleinen beibringen? Deutsch mit russischem Akzent?«

Mit Katharina hatte er kaum gesprochen, nicht länger als fünf Minuten, und es ging weniger um den Scheidungstermin, der nun plötzlich feststand, es ging vor allem um Boreas: »Dein Michail soll die Finger von meinem Kind lassen!« – »Er liest dem Kleinen abends Gute-Nacht-Geschichten vor, und er ist im Gegensatz zu dir ein verantwortungsbewusster Mensch.« Chrystian blätterte im Geiste in seinem Familie-Brodd-Lexikon und fand das richtige Stichwort: Väter; siehe gewalttätige, im Selbstmitleid badende Bösewichte, impotente Säufer *et cetera*. Sie schlagen ihre Söhne, sie schlagen die Mütter der Söhne, sie schlagen um sich, veranstalten ein Schattenboxen, das ihnen keiner nachmachen kann. Irgendwann bedrohen sie sogar ihre Kollegen auf der Arbeit, sind reif für eine Zwangsjacke. Oder sie fangen an, autoaggressiv zu werden, und das sind die schlimmsten, weil diese Kerle im Selbstmitleid schmollen. Und zu welcher Kategorie würdest du dich denn zählen, dachte er, zu den Helden oder Autoaggressiven? Er war sicher, dass ihm Mona eine Antwort darauf geben würde. Schon bald. Das war sie ihm schuldig. Eine positive Meinung konnte Berge versetzen. Sie war ein Glas Wasser in der Wüste. Ein Lichtblick. Ein kaltes Bier in der brennenden Sonne.

Am Abend kehrten sie nach Hause zurück. Mona schaltete auf stumm, sie wollte Chrystian nicht verraten, was das Thema ihres kurzen Gespräches mit Katharina gewesen war. Seine Fragen wiederholte er hartnäckig, und Mona wirkte angespannt.

»Hör auf, mich zu quälen«, sagte sie.

»Ihr habt über mich geredet …«, unterstellte er ihr.

»Ja, du bist der Nabel der Welt, und sie glaubt wirklich, ich sei deine polnische Cousine aus Detroit …«

»Dann ist ja alles bestens, und vielleicht hat sie auch Recht.«

Er musste an die erste Nacht mit Mona denken. Er hatte plötzlich den Duft ihres Parfüms in der Nase. Sie war wie ein Mantel, von dem man sich nicht trennen konnte. Mona, du bist mein Anfang vom Ende. Mein Untergang. Mein kalter Drink. Mein Fisch und Fluss und Stein. Mein spanischer Weinbrand. Und ich darf dich gar nicht lieben, obwohl du es verdient hast. Aber wozu alles noch einmal durchmachen wie mit Katharina? Wozu? Für wen? Und wer bist du, Mona? Du bist in dir, ganz tief versteckt. Unter dem Stoff deiner Kleider und Röcke. Im Talmud. Du würdest mich auslachen, wenn ich dir all das sagte, was ich jetzt denke.

Mona fand eine sinnvolle Beschäftigung. Sie bügelte ihre Jeanshosen und packte ihren Rucksack. Er rauchte eine Zigarette und suchte im Radio nach klassischer Musik, und dies erwies sich nicht als einfach. Nach zweiundzwanzig Uhr war die Politik an der Reihe mit stupiden Kommentaren. Er fand keinen guten Sender. Er nahm sich ein Buch vor, las lediglich drei Seiten und lief dann in der Wohnung hin und her, von einer Ecke in die andere, schließlich sagte er zu Mona: »Ich verstehe gar nichts mehr – vielleicht kannst du mir auf die Sprünge helfen! Ich werde zurzeit verwöhnt und mit frohen Botschaften und Ereignissen überschüttet. Aber ich traue dem Frieden nicht. Ich bin dir begegnet, aber wozu? Und was soll ich tun? Als Nachtwache in einem Altersheim arbeiten? Alten Menschen den Tod erklären? Ihnen die Windeln wechseln? Ihre Hintern waschen? Oder einem verrückten Professor eine gute Sekretärin abgeben? Und du? Du versprichst dir von meinem Onkel zu viel. Er weiß vielleicht nichts mehr. Ich sollte ihn übrigens anrufen, um ihm Bescheid zu sagen, dass wir morgen kommen. Er mag Überraschungen nicht.«

Chrystian wählte die Nummer von Onkel Erwin, der sofort dran war – zu Anfang etwas kurz angebunden und sachlich, aber dann taute er auf und schien sogar erfreut, seinen Neffen und die Jüdin aus New York als Gäste bei sich zu haben.

Im Radio sagte der Nachrichtensprecher gerade: »Heute ist Donnerstag, der 16. April …«, da klingelte es, und Michail stand vor der Tür: »Guten Abend! Ich hoffe, ich komme nicht ungelegen!«, sagte Chrystians russischer Bruder und schüttelte Mona beide Hände. »Als ihr bei Katharina wart, hab ich euch gar nicht erzählt, dass ich am Mittwoch in Hamburg gewesen bin! Auf einem Falun-Gong-Kongress! Ich hab Fotos gemacht und Jacke Joe kennen gelernt, einen Chinesen aus Karlsruhe, der mit unserem Meister Li Hongzhi befreundet ist!«

Mit Michail war es wie mit einer Drehorgel. Er hatte ein paar Lieder auf Lager, die er andauernd zum Besten gab. Seine Philosophie zielte darauf ab, Menschen an der Gurgel zu packen und zu einem Heiligtum zu führen, damit sie in Ehrfurcht auf die Knie fielen – in Ehrfurcht vor seiner Genialität: »Hier, seht, ich hab erkannt, warum die Erde sich dreht!« Er war imstande, auf der Spitze einer Nähnadel ein neues Universum zu entdecken. In jeder Handlung witterte er eine tiefe Bedeutung, selbst dann, wenn sich jemand eine Tafel Schokolade im Supermarkt gekauft und sich dabei kein Bein gebrochen hatte. Nichts entging seiner Aufmerksamkeit. Wenn einer mit dieser Haltung eines erleuchteten Missionars nicht umzugehen wusste und zarte Kritik übte, geriet Michails Blut in Wallung, und er wurde noch aufdringlicher und beharrte auf seiner Meinung, mochte sie auch gänzlich falsch sein.

Michail hatte sich im Balkonzimmer breit gemacht, wünschte sich einen Tee und bat Chrystian um zwei Minuten Aufmerksamkeit. Er habe eine CD aus Hamburg mitgebracht, meinte er, und wolle sie kurz anspielen. Klavier, Flöte, Gesang. Streicher. Bass. Die Texte handelten von Verfolgung der Falun-Gong-Anhänger in China.

»Chrys!«, begann er plötzlich, während die CD lief. »Ich muss dir etwas gestehen. Das ist auch der eigentliche Grund, warum ich hier bin: Ich werde doch nicht nach Berlin umziehen.«

»Na, das hab ich mir schon gedacht – dann wünsche ich dir viel Erfolg mit Katharina.«

»Mit ihr zusammenwohnen kann ich aber auch nicht: wegen Boreas …«

»Wie verständnisvoll. Mach, was du willst. Ich liebe meinen Sohn, und daran wird sich nie etwas ändern.«

Obwohl ihn Chrystian mehrfach darauf hinwies, dass sie am nächsten Tag nach Polen fahren wollten, blieb Michail über Nacht im Balkonzimmer, und als Mona die Nachttischlampe ausschaltete, schmiegte sie sich in ihre Decke und wollte von Chrystian nichts wissen. Ihr nackter Hintern berührte seinen Bauch, und er konnte sich kaum zurückhalten. Ihre Haut war warm, ihr Körper duftend und verführerisch.

»Gleich hol ich die Atomwaffen aus dem Schrank«, flüsterte er. »Wozu braucht mein russischer Bruder einen Guru, der sich Li Hongzhi nennt? Warum ist Michail nicht sein eigener Boss?«

»Er bemüht sich, einer zu sein, aber diese Tatsache ist dir offenbar nicht klar geworden, und seine Musik hat mir gefallen. Gute Nacht.«

Vierter Teil

I

Im Morgengrauen schlichen sie sich auf Zehenspitzen aus der Wohnung und ließen Michail weiterschlafen. Regenwolken hingen über der Stadt. Sie gingen in der feuchten Kälte mit ihrem Gepäck zu Rudis Wagen. Chrystian beobachtete Mona bei jedem Schritt. In einen dicken Schal gehüllt wie eine Babuschka, schien sie das glücklichste Wesen zu sein, dem er je begegnet war.

Sie hatte die ganze Nacht in seinen Armen geschlafen. Ihre zarte Haut verdeckte jedes dem Tod geweihte Teilchen, jede Unreinheit. In seinen Armen war Mona gerettet, nichts und niemand konnte ihr schaden, und jeder Gedanke, dass auch sie nur ein Häufchen Asche war, wurde von Chrystian abgewehrt und vernichtet. Er bemühte sich redlich, ihre Sprache zu lernen, ihre Gestik zu deuten, die Bewegungen der Finger, der Augenbrauen, der Nase, der Wangen und der Lippen. Monas Sprache im Schlaf und beim Zähneputzen und Einkaufen. Monas Sprache, wenn sie wütend oder fröhlich war. Monas Sprache, wenn sie ihre Füße in die Halbschuhe schob oder wenn sie auf die Uhr guckte oder ihr Höschen abstreifte. Monas Sprache beim

Frisör, im Restaurant und am Flughafen, bei der Passkontrolle. Überall Mona Juchelka aus New York.

Die Gedenkstätte Helmstedt-Marienborn war ihre erste Haltestelle, dort machten sie Rast. Sie aßen zwei Bratwürstchen mit Senf und unterhielten sich über das Finale: Öffnung der Grenze und Ankunft der Trabbis. Mona fragte, warum das staatliche Wappen der DDR entfernt worden sei. »Eigentümlich«, bemerkte sie, »sie haben alles abmontiert – ausgeräumt wie Diebe.«

Beobachtungstürme und Dienstgebäude der Grenzbeamten und Soldaten standen leer, wer wollte schon solche trostlosen Bauten besichtigen? Ohne Flaggen und Wappen, ohne Schilder und echte Volkspolizisten, Uniformen und Waffen wirkten sie nicht glaubwürdig, fand Mona.

Sie fuhren weiter.

Fräulein Juchelka! Sie drehte sich Zigaretten von seinem Tabak, pustete den Rauch nach draußen, durch einen Zwei-Zentimeter-Spalt, sie spielte beharrlich mit dem Knopf für den elektrischen Fensterheber, und Chrystian, der verbissen das Lenkrad umklammerte und Mona nicht ans Steuer lassen wollte, ärgerte sich: »Schlaf lieber! Wir können nicht dauernd anhalten! Dann kommen wir ja nicht vom Fleck! Ich überhole und überhole, und wir haben nichts davon!«

»Ich bin doch keine blöde Touristin. Ich möchte mir Deutschland gern angucken«, sagte sie.

Sie war an diesem Morgen nicht besonders gesprächig (er musste sich eingestehen, dass ihm ihre Schweigsamkeit gefiel), dafür quasselte er umso mehr: »*Ich lass mich auf dich ein*, hast du zu mir gesagt, aber ich will mehr, ich will, dass du mir das Mark aus den Knochen saugst!«

Das, was sich 1947 am Geserichsee zugetragen hatte, sollte nicht mehr das Wichtigste für sie sein, dachte er. Sie liebten sich doch, oder? Nein, sie misstrauten einander, janein – wer liebte wen? Nein, nein, es war kein Sex, es war Sex, und nun würden sie bald bei seinem Onkel Erwin im Garten sitzen, unter einem Apfelbaum, und schwarzen Tee trinken und Kuchen essen, als wären sie seine Enkelkinder.

»Mona, du musst dich nicht mit mir unterhalten«, meinte er. »Ich kann dir nichts verbieten, ich sage nicht: Lass diese alte Geschichte! Ich mag dich. Oder wie soll ich's dir anders sagen?«

»Ich weiß, was du *sagen* willst, aber verlang nicht zu viel. Ich hasse es, wenn man mich unter Druck setzt.«

In Gustaws Familienalbum gab es ein Foto, das Chrystian merkwürdigerweise beim Passieren der Grenze in Świecko einfiel. Sein Vater hatte in Iława in einer Fabrik gearbeitet, er war Dreher gewesen. Anfang der Siebziger nahm er an einem Betriebsausflug teil. Die Direktion charterte Busse für ihre Arbeiter, sie sollten die Werft in Danzig und das KZ in Stutthof besichtigen. Und auf dem besagten Foto aus Gustaws Familienalbum war Folgendes zu sehen: Sein Vater steht vor dem Eingangstor des KZs, raucht lässig eine Zigarette, grient und schüttelt einem Kollegen die Hand – zum Abschied. Für die Männer der Fabrik aus Iława, die überdimensionale Pumpen für Schiffsmotoren bauten, war diese Szene weiter nichts als ein guter Witz.

Als Chrystian klein war, hatte er nicht begriffen, dass es sich bei diesem Bild nur um einen Witz handeln sollte. Er hatte damals wirklich gedacht, sein Vater wäre ein Märtyrer gewesen, ein ehemaliger Gefangener im KZ, und er war auf Gustaw unheimlich stolz gewesen. Sein Papa hatte überlebt! Er war ein Held, und Chrystians Mitschüler zitterten und staunten, wenn er ihnen das Martyrium seines geliebten Papas schilderte: »Ihm wurden die beiden Zehen abgeschnitten, und er hat ein künstliches Auge!« Die Lügen nahmen kein Ende, aber seine Mitschüler hatten ihm keine andere Wahl gelassen: Sie wollten ja spektakuläre Storys, und somit hatte er sich verpflichtet gefühlt – er lieferte sie ihnen am laufenden Band.

Später, als er sechzehnjährig das Plattencover des Albums *Wish you were here* von Pink Floyd sah, entdeckte er Parallelen zu dem Foto aus Stutthof. Da waren zwei Männer in teuren Anzügen abgebildet, die sich die Hände reichten und »Auf Wiedersehen« sagten – nur dass der eine in Flammen stand und sich nichts anmerken ließ: Das Feuer kitzelte ihn, fraß ihn aber nicht auf. Die beiden Typen feierten ihren Abschied, und sie schienen gar nicht traurig darüber zu sein, dass sie sich trennen mussten – wie auf dem vergilbten Bild aus Gustaws Familienalbum –, obwohl die Trennung endgültig war.

Heute, mit Mona, hätte er diese Erinnerungen am liebsten gelöscht. Nur, wie sollte er das anstellen? Gustaws Familienalbum aus dem Wandschrank holen und verbrennen oder zum Altpapier bringen? Er konnte doch nicht seine eigene Vergangenheit ausradieren! Und die seines Vaters auch nicht! Das Bedürfnis, unschuldig zu sein, war idiotisch. Zum Schluss würde er genau wie Gustaw Angst davor haben, dass Mona bei ihm (in seinen Hosentaschen ...) etwas entdeckte, was ihn disqualifizierte, bei diesem Wettlauf mit der Geschichte. Und welche Zeit wollte Mona überhaupt stoppen? Welche Abschnitte der Lebensläufe, die von Richard Schmidtke bis zu ihm selbst reichten, wollte sie messen? Und womöglich anhalten, um sie in Ruhe betrachten zu können? Wie beim Schneiden eines Films?

Mona wurde nach der Passkontrolle munterer, und das schien ihm wichtiger als die Beschäftigung mit düsteren Gedanken. Sie schickte ihrer Mutter eine SMS: *Hi mom, wir sind da ...*

»Du spinnst«, sagte Chrystian, »wir werden erst am Abend ankommen. Wenn überhaupt! Schau dir die Straßen und die LKW-Kolonnen an!«

»Mir ist schwindelig, ich brauche frische Luft, halt mal bitte an!«, sagte sie.

»Wie? Hier im Wald, wo die Nutten stehen? Was willst du da?«

»Halt an!«

Chrystian wählte eine verlassene Parkbucht auf einer Lichtung, auf der normalerweise Familien picknickten. Es gab dort Bänke und Tische aus Holz und riesige Mülltonnen, die restlos überfüllt waren. Sie wurden von Fliegen belagert und stanken entsetzlich.

Aber der Wald roch nach dem Geserichsee und überall

wuchsen Kiefern. In der Parkbucht war kein Mensch zu sehen, die Nutten warteten auf die Freier am Straßenrand, alle hundertfünfzig Meter stand ein Wachposten – es handelte sich um Mädchen, die aus Bulgarien oder der Ukraine stammten, denn Polinnen machten sich rar, sie gingen lieber in Deutschland anschaffen.

»Jetzt bin ich endlich hier, wo alles begann«, sagte Mona und machte eine Atemübung, die sie wohl in einem Yogakurs gelernt hatte. »Jetzt sind wir in dem Land, wo unsere Mütter geboren wurden.«

Sie legte sich auf eine Holzbank, die Absätze ihrer Halbschuhe bohrten sich in den Sand, und ihr langes Kleid verhüllte das dicke, verwitterte Brett. Mona lag auf dem Rücken und starrte in den Himmel. Die Sonne kämpfte gegen die Wolken und suchte nach einem Durchschlupf für ihre Strahlen.

»Was muss man empfinden, damit man jemanden umbringen kann?«, fragte sie. »Und könntest du dir vorstellen, mich zu töten?«

Chrystian betrachtete sie lange, bevor er sich bei ihr niederließ. Er fasste den Stoff ihres Kleides an. Er war wie besessen – seine Hand wollte Dinge tun, die hier auf dieser Lichtung nicht erlaubt waren. Die Nutten an der Straße hätten sich amüsiert, und ihre Zuhälter, die sich hinter den Bäumen und Sträuchern versteckten, hätten sich mit ihren Messern an Mona vergriffen.

»Wenn das dein Wunsch wäre …«, sagte er und bereute im selben Moment seine Worte. »Was für eine absurde Grausamkeit verlangst du von mir?«

»Gar keine. Ich bin nur verwöhnt. Ich darf leben, und das ist nicht selbstverständlich – niemand hier will mich ausrotten«, sagte sie und richtete sich auf. »Küss mich, Brodd, küss ...«

Die Abenddämmerung jagte durch die Straßen von Iława, setzte sich in allen Ecken ab, eroberte ein Haus nach dem anderen und tauchte die Gebäude in grünes Licht, aber der Mond, nach dem sie Ausschau hielten, war verschwunden. Er versteckt sich am Wasser, an den Ufern des Geserichsees, er versteckt sich hinter der Krümmung der Erde wie ein Containerschiff, und du kannst ihn nur aus dem Fensterchen eines Flugzeugs sehen, Chrystian.

Sie hatten eine Autopanne gut überstanden, ein Reifen war geplatzt, und nun waren sie feierlich und friedlich in seiner Stadt angekommen, die, an der südlichen Spitze des Geserichsees gelegen, den Anschein erweckte, als läge sie auf einer Insel. Den Weg zu Onkel Erwins Haus fand er ohne Mühe. Als hätte er Iława nie verlassen. Die grüne Dämmerung kannte er natürlich auch, sie würde sich nie ändern, nie aufhören mit ihrer Brandung, auch wenn es viele neue Läden mit Leuchtreklamen und hellen Schaufenstern gab.

»Ich muss mich bei dir bedanken«, sagte er.

»Dafür ist es noch zu früh.«

»Ohne dich hätte ich diese Reise nicht einmal geplant.«

»Schade, Chrys. Schade.«

Onkel Erwins Haus war in den Dreißigern von einer Arbeiterfamilie errichtet worden und dementsprechend winzig klein. Es hatte eine Renovierung dringend nötig. Die Außenmauern trugen mit Fassung Einschussstellen von den MG-Salven der Rotarmisten. Von den Fensterrahmen bröckelte der weiße Lack ab, und die Stufen der Eingangstreppe hatten Risse. Die Holztür, von Würmern zerfressen, sog das Regenwasser vom Boden ein und roch etwas modrig. Erwin war nicht da.

Weder in der Küche noch in den Zimmern brannte Licht. Sie gingen in den Garten, in dem heilloses Durcheinander herrschte. Unkraut und schilfartige Gräser wucherten zwischen den Apfel- und Zwetschgenbäumen. Eine Kreissäge, ein Generator und eine Wasserpumpe rosteten vor sich hin. Zu einer Pyramide aufgestapelte Holzscheite vermoderten und beherbergten Spinnen, Ameisen und Laufkäfer.

»Wo könnte er bloß sein? Vielleicht am See?«, fragte Chrystian.

Er hatte doch noch gestern mit ihm telefoniert. Mona verschränkte ratlos die Arme und sagte: »Ich habe keine Lust, hier herumzustehen und zu warten. Wir können in einem Hotel übernachten, oder?«

»Er hat uns nicht vergessen, völlig unmöglich, so senil ist er noch nicht. Er spielt mit uns Katz und Maus. Er will, dass wir ihn suchen, und dann, wenn wir ihn finden, wird er mir weismachen wollen, dass ich ihm am Telefon nicht richtig zugehört hätte. So ist er nun mal.«

»Das klingt durchaus sympathisch«, entgegnete Mona.

Er gab ihr seine Jeansjacke, weil sie fror, und sie holte sich außerdem noch Wollsocken aus dem Kofferraum. Die

Garten- und Hausinspektion war abgeschlossen. Sie klopften noch ein letztes Mal an die Fensterscheiben, und da sich immer noch niemand rührte, stiegen sie wieder ins Auto und fuhren los – mit eingeschalteter Heizung.

Die Nacht war milchig weiß, überall verbreitete sich der Geruch von brennenden Gartenabfällen, verfaulten Kartoffeln und Rüben. Die Dünste von den Feldern vermischten sich mit dem beißenden Rauch, in der Luft schwebten Fliegenschwärme. Das Zwicken und Jucken in der Nase und in den Augen bewies Chrystian, dass er wirklich zu Hause war.

»Wenn ich ein Sänger wäre, würde ich jetzt ein Lied für dich komponieren«, sagte er. »Eine Lobeshymne auf deine Beine und deine nylonglatte Haut. Weil ich dich so liebe.«

»Freundchen!«, kicherte Mona. »Ich weiß nicht, ob du zur Liebe überhaupt fähig bist.«

»Na, das werde ich dir heute Nacht beweisen! Aber du musst mich herausfordern! Schieb dein Kleid etwas hoch, zeig mir deine Knie!«

»*Never!*«, sagte sie lachend.

Sie glitten über die leeren Straßen, überquerten einen Bahnübergang und erreichten den Forst Alt-Christburg. Der Bauernhof von Richard Schmidtke war nicht weit entfernt vom Erholungszentrum »Jeziorak«, wo sich Erwin Brodd seine Rente aufbesserte. In der Sommersaison war er für den Bootsverleih zuständig. Das Ferienhäuschen daneben bewohnte er sogar mietfrei.

Chrystian überlegte, ob er Mona sagen sollte, dass sie gleich am ehemaligen Hof von Schmidtke vorbeifahren würden. Er wollte sie doch nicht aus ihrer guten Laune herausreißen. Am nächsten Morgen vielleicht. Dann würde er ihr auch die Stelle zeigen, wo Gerald Juchelka und seine Leute ans Ufer gegangen sein sollten. Chrystian hatte dort als Junge oft gebadet, und Erwin, mit der ganzen Nüchternheit eines ordentlichen Försters, stellte sich manchmal hin und sagte: »Ja, genau hier war es! Hier haben sie ihr Schlauchboot an Land gezogen und dort in den Sträuchern versteckt!«

»Wer's glaubt, wird selig!«, hatte Chrystians Vater gesagt. In Wirklichkeit seien sie ganz woanders gelandet, am anderen Ufer. Und Erwin war wütend geworden: Er sei doch Augenzeuge, er sei dabei gewesen, habe an jenem Morgen vom Steg aus geangelt. Ganz erstarrt vor Angst sei er gewesen und habe nicht fliehen können, als die vermummten Männer mit ihrem Schlauchboot angerudert kamen. Sie hätten ihn gesehen und ihm keine Beachtung geschenkt, sie hätten es furchtbar eilig gehabt, sie seien mit ihrer Ausrüstung über die Wiesen zum Hof von Schmidtke gerannt. Und außerdem: Wie könne man ihm unterstellen, er würde lügen, er sei doch Förster, er würde jeden Tag Bäume fällen und wisse, was Wahrheit bedeute, die man ja vor niemandem verbergen könne.

Das Tor des Erholungszentrums »Jeziorak« war beleuchtet. Ein Mann hockte am Maschendrahtzaun. Und als sie näher kamen, sprang er plötzlich auf, lief auf den Sandweg und fuchtelte mit den Armen. Chrystian musste scharf bremsen. Mona hielt sich an ihrem Sicherheitsgurt fest.

Onkel Erwin begrüßte sie freudig: »Alter Knabe! Hab ich dir denn nicht gesagt, dass ich am See bin? Es ist die Zeit der Stinte, da muss ich doch fischen!«

Es dauerte keine halbe Stunde und das Abendessen war fertig. Zehn Ferienhäuschen waren noch unbesetzt, in den drei anderen hatten sich Wochenendler eingenistet. Ein deutsches Autokennzeichen war hier keine Überraschung, und Erwin versicherte seinem Neffen, dass ihn niemand belästigen würde.

»Weißt du, die Menschen sind dumm!«, sagte er. »Sie glotzen einen an, als hätte man etwas ausgefressen! Deswegen muss man sie sofort in ihre Schranken weisen, damit sie wissen, wer der Herr im Haus ist. Dann werden sie dich achten, und du bist aus dem Schneider und kannst dir sogar Fehler erlauben!«

So redselig hatte er Erwin noch nie erlebt. Und Mona, die sein Onkel kaum beachtete, trotz der herzlichen Umarmungen, bescherte er nur zwei Sätze: »Mein Täubchen – heiraten Sie bloß nicht diesen Mann! Er bringt Ihnen nur Ärger!«

»Das ist keine gute Werbung für mich«, wehrte sich Chrystian.

Sie speisten auf der Terrasse, die ein Deckenstrahler beheizte. Sie aßen gebratene Barsche, Brot, Tomaten und dünn geschnittene Zwiebeln. Über ihren Köpfen hingen an einer Wäscheleine Geldscheine: Fünfhundert Zloti. Erwins Portemonnaie war ihm heute ins Wasser gefallen, zusammen mit seinem Handy. Und die Stinte, *stynka*? Sein

Onkel meinte, er würde sie an die Fischer verkaufen. Na ja, er sei kein Wilderer, obwohl er elektrischen Strom zum Töten benutzte, aber die Fischer seien auch nicht zimperlich.

»Die machen den See kaputt. Ihre starken Dieselmotoren sind äußerst schädlich. Und sie fangen im seichten Gewässer die Jungfische weg. Bald wird's keine Stinte und Plötzen mehr geben. Ich bin ja ein braver Kerl! Ganz harmlos. Mein Tagespensum beläuft sich auf dreißig Pfund – mehr schaff ich nicht.«

Zum schwarzen Tee schenkte Erwin seinem Neffen und Mona ein Gläschen Wodka ein. Er selbst trank auch nur eins, er sagte, er müsse sich schonen, er würde Tabletten schlucken, und seine beiden Herzkammern seien nur noch so groß wie Kastanien.

Aber es blieb nicht bei einem Wodka, Erwin trank noch zwei weitere und sagte: »Frau Juchelka! Sie gehören zur Familie! Und danke für Ihren Brief, Ihre Fragen werde ich gern beantworten! Und nun geh ich in die Koje! Um drei Uhr klingelt der Wecker! Die Stinte sind Frühaufsteher!«

Das Gelände des Erholungszentrums war dicht bewachsen mit Kiefern und Lärchen, die die Sicht auf den See und den kleinen Hafen mit den Ruder- und Tretbooten versperrten; im Sommer spendeten sie Schatten, und nachts kühlten sie die mit Teerpappe isolierten Dächer der Hütten gänzlich ab. Früher, wenn Chrystian am späten Abend von seinen Eltern nach Hause gerufen wurde, hatte er zwischen den Bäumen seine Arme vor die Brust gehalten wie ein Blinder, als wollte er die bösen Geister verscheuchen. Oft hatte er sich umgedreht, weil er dachte, dass ihn jemand verfolgte.

Im Geserichsee schwammen dickleibige Welse mit langen Schnurrbärten. Manchmal, so hieß es, ließen sie sich an die Wasseroberfläche treiben und beobachteten die Ufer, an denen die Kinder spielten. Sein Vater hatte einmal einen Wels gefangen, aber Chrystian mochte das saftige rötliche Fleisch nicht essen. Er hatte Angst, er würde eine Gräte verschlucken, ersticken und in seinem nächsten Leben als ein Fisch wiedergeboren werden. Und die Vorstellung, er würde dann einen Welskopf haben, den ein Angler präparieren und als Trophäe an die Wand hängen könnte, machte ihm noch mehr Angst. Das erzählte er aber nicht einmal der Mutter, denn er fürchtete sich vor dem Spott der Erwachsenen.

Er schilderte Mona, wie er im Dunklen zu seinen Eltern gerannt war, nach dem Spielen am Badestrand und im Wald. Er beschrieb ihr die kalten Augen der Welse, die ihn verfolgten und die er nicht hatte essen wollen. Sie fand großen Gefallen an seiner Geschichte und setzte sich rücklings bei ihm auf den Schoß.

»Wo war ich damals?«, fragte sie. »Was habe ich nur gemacht? Warum sind wir uns erst jetzt begegnet?«

Er hielt sie fest und drückte sein linkes Ohr an ihren Rücken, um den Klang ihrer Stimme in ihrem Körper zu hören. »Du warst meine Cousine aus Detroit. Schon immer.«

»Und wer hat uns getrennt?«

»Wir haben nicht aufgepasst. Wir dachten, wir würden uns nie verlieren. Und irgendjemand hat uns deshalb eine Lehre erteilen wollen. Wir sollten merken, dass wir nicht alleine auf der Welt sind. Dass um uns herum Dinge passieren, die mächtiger sind als wir. Man hat uns einfach losgeschickt und gesagt: ›Seht zu, dass ihr euch wieder findet!‹ Und deshalb sind wir jetzt hier am Geserichsee.«

»Wie unfair! Warum haben wir uns nicht einfach im Büro oder in der U-Bahn kennen gelernt? Als Bürger ein und desselben Staates, Frankreich oder Italien, egal. Wenn mein Großvater nicht den Schmidtke gekillt hätte …«

»Wenn …«, unterbrach er Mona. »Aber er hatte es getan. Und selbst dann, wenn er sich anders entschieden hätte und zu Hause geblieben wäre, hättest du eines Tages einen Flug nach Europa gebucht und …«

»Willst du damit sagen, dass man woanders graben muss?«, fragte sie. »Wo ist der Anfang? Das Ganze ist doch vollkommen abstrus.«

»Ja, man hat uns irgendwann voneinander getrennt. Ich weiß auch nicht, wer sich solche perfiden Spielchen ausdenkt – die Manichäer sagen: der Teufel!«

»Ist doch egal, wer es war. Aber wenn wir schon darüber sprechen: Am Flughafen in Bremen hast du gesagt, du wärst der Priester vom Steintor. Was wolltest du mir damit sagen?«

»Nichts. Ist mir in meiner ganzen Aufgeregtheit so rausgerutscht. Du weißt ja, was kleine Jungs antworten, wenn man sie fragt, was sie später einmal werden wollen. Für mich waren all die Berufe, die sie normalerweise erwähnen, uninteressant. Ich träumte von einer schwarzen Soutane. Ich sah mich von einer Kanzel herab eine Predigt halten. Es faszinierte mich, dass da jemand über den Köpfen der Menschen flog wie ein Rabe und verkündete, was richtig oder falsch ist. Meine Mutter hat mich jeden Sonntag zum Gottesdienst mitgezerrt. Ich hasste es! Aber irgendwann ging mir ein Licht auf! Ich dachte mir, das ist es, du willst ein Rabe werden, der *alles* weiß. Daraus ist natürlich nichts geworden. Ich wurde erwachsen und musste feststellen, dass ich ein durchschnittlicher Schimpanse bin, der keine besonderen Talente hat. Heute sage ich mir manchmal: Irgendwann gehst du ins Kloster. Wahrscheinlich auch nur so 'ne Schnapsidee – nach dem Motto: Wie will ich alt werden?«

»Seltsam. Ich werde *nie* alt. Und mein Traumberuf war Schriftstellerin.«

»Na, als Journalistin hast du doch dein Ziel fast erreicht. Wo ist der Unterschied, ob du für eine Zeitung oder einen Verlag schreibst?«

»Chrys, ich bin keine Künstlerin. Ich erschaffe nichts Neues. Ich kann nur kritisieren, beschreiben und Sachverhalte erläutern, aber ich erschaffe keine neuen Welten.«

»O doch. Deine eigene und unsere, mit mir zusammen.«

»Die sind mir schnuppe.«

»Mir nicht.«

Sie räumten den Tisch ab. Onkel Erwin hatte im Gästezimmer, das ihm als Abstellraum für Werk- und Angelzeug diente, das Bett bezogen. Chrystian befiel ein Unwohlsein beim Anblick der überfüllten Regale und Schränkchen. Auf wenigen Quadratmetern hatte Erwin ein Reich aufgebaut, in dem Unordnung und Lieblosigkeit herrschten: Was er nicht brauchte, was kaputt war oder entsorgt werden musste, lagerte hier zusammen mit den Angelruten.

Er war alt geworden, sein Onkel. Älter als der Himmel über dem Geserichsee, der sich jede Nacht dieser verlassenen Gegend bemächtigte, mit seinen planetariumreifen Sternbildern: Chrystian begriff auf einmal, dass der Tod seinem Onkel näher gerückt war, aber in gewaltigen Schritten, wie morgendliches Vogelgezwitscher.

Mona putzte sich draußen die Zähne, und Chrystian, leicht gebeugt über die Brüstung der Terrasse, sagte: »Ich kann nicht hier logieren, ich werd wahnsinnig in dieser Rumpelkammer.«

Sie ging zurück in die Küche, um sich den Mund zu spülen. Nach einer Minute war sie wieder da, mit einem Wattepad und der Reinigungsmilch zum Abschminken.

»Ich möchte duschen«, sagte sie und tat so, als hätte sie Chrystians Bemerkung von vorhin überhört. »Wo sind die Toiletten und Duschräume?«

Sie wischte sich das Make-up von den Augen. »Nun sei doch ein Pfadfinder. Nur diese eine Nacht«, fügte sie noch hinzu, »morgen überlegen wir uns, ob wir woandershin ziehen. Ich weiß schon, du fühlst dich von deinen Erinnerungen bedrängt, aber das solltest du nicht. Erinnerungen können krank machen. Denk lieber an mich.«

Er musste schmunzeln: Sein ganzer Stolz darauf, dass er an den Ort seiner Kindheit zurückgekehrt war, kam ihm jetzt etwas pompös vor. Er schämte sich, es gab keinen

Grund, melancholisch zu werden. Nicht einmal wegen Onkel Erwin, der doch ganz glücklich zu sein schien.

Die Erkenntnis, dass Erwin bald sterben würde, war doch in Wirklichkeit ein heimlicher Wunsch.

Du wünschst seinen Tod, damit das Kapitel »Iława und die Brodds« endlich geschlossen wird. Erst wenn sie alle weggestorben sind, wirst du endlich frei sein. In deinem Bremen. Dort sind Wege, die noch niemand aus deiner Sippe betreten hat, von Geburt an. Boreas ist der erste Brodd, der nirgendwohin zurückkehren muss. Er kann aufwachsen, sprach er mit sich selbst, mit der Gewissheit, dass keine Aufgaben unerledigt bleiben – für immer.

Mona beleuchtete mit einer Taschenlampe den Pfad zum Gebäude mit den Sanitäreinrichtungen und fragte: »Was murmelst du da vor dich hin? Ich verstehe dich nicht.«

Er beschrieb seine Ängste.

Nach einer Pause sagte Mona: »Dein Sohn wird eines Tages auch zurückblicken, auf Geschehnisse, die man nicht mehr rückgängig machen kann. Selbst dann, wenn er Bremen niemals verlassen sollte, wird er zurückblicken und staunen.«

Aus ihrer Duschkabine mussten sie eine Rotbauchunke vertreiben. Chrystian zwang das Tier mit dem Besen zur Flucht in die Kälte der Nacht.

»Die arme Kröte hat wohl hier überwintert«, sagte Mona. »Wir tragen sie wieder rein, sobald wir fertig sind.«

Nach dem Duschen machten sie einen Schlenker zum Badestrand und dem kleinen Hafen mit dem Steg. Sie standen am Ufer wie vor einer Mauer aus Glas.

»Haben wir vielleicht dem König des hiesigen Volksbads das Leben gerettet?«, fragte Mona.

»O ja, das haben wir.«

»Erzähl mir was von dir«, sagte Chrystian später, als sie unter die Decke geschlüpft waren. »Ich möchte alles erfahren. Fang irgendwo an. Wie warst du in der Schule?«

Mona hatte ihren Jogginganzug an, mich fröstelt es, sagte sie mit klangloser Stimme, sie war müde, ihr Atem war kaum spürbar, ich werde dich irgendwann wecken, sagte Chrystian, darf ich dich wecken? Er presste Monas Kopf an seine Brust, sie klammerte sich an ihn, als fürchte sie, von der schmalen Matratze hinunterzurutschen, auf den Boden, ihr linkes Bein kreuzte seine Knie, und sie schlief ein. Im Fenster irrlichterten die Zweige der Kiefern und Lärchen, und wenn der Wind stärker wurde, fielen Zapfen aufs Dach, mit dumpfem Schlag, und rollten wie Billardkugeln herunter. Chrystian gewöhnte sich allmählich an das Dunkel und erkannte die Silhouetten der Bäume, die Kronen und schlanken Stämme. Ab und zu, in regelmäßigen Abständen, war von weitem ein lautes monotones Läuten zu hören, als würde ein Schiff seine Ankunft ankündigen. »Du darfst mich wecken«, brummte Mona durch den Schlaf.

2

Im Tageslicht sah Onkel Erwins Gästezimmer freundlicher aus, Chrystian spähte wieder zum Fenster, wo in den Baumkronen die Sonne blinzelte. Die Wolken hatten sich verzogen, und es war viel später, als er gedacht hatte: Zehn Uhr zeigte sein Handy an. Monas Jogginganzug lag auf dem Bett, aus der Küche hörte er das Brummen des Teekessels auf dem Herd. Als er seine Levi's zuknöpfte, stellte jemand das Radio an, und der Sender brachte ein seltenes Stück, das er gerne mochte. Na, wenn das kein gutes Omen ist: *Air* zum Frühstück! – mitten in der Wildnis. Er zog sich ein T-Shirt über und pfiff den Song mit. Die Nervenknoten seines Nackens sendeten Stiche aus, die sich über die ganze Wirbelsäule verteilten, mein Gott, in welcher halsbrecherischen Position hatte er bloß geschlafen? Sobald er etwas anfasste, erhielt er knisternde Stromschläge. Das passierte ihm fast jeden Morgen, und ihm fiel keine plausible Erklärung für diese elektrischen Entladungen ein. Wer war im Plus, wer im Minus? Ich muss wohl besonders anziehend oder liebenswert sein, für meine Umgebung, sagte er sich: kein Wunder, dass Mona mich attraktiv findet – wo hat sie bloß ihre Augen?

»Hallo Chrys! Willst du ein Ei?! Dein Onkel ist noch mal mit dem Boot weggefahren. Ich bin schon seit zwei Stunden wach. Du hast geschnarcht wie ein Sägewerk!«

Er kam zu ihr, barfuß und gähnend. Die Tür stand sperrangelweit offen, die Terrasse war lichtdurchflutet, der nächtliche stürmische Wind hatte sich gelegt, und eine

Brise schlug ihm entgegen, die den Geruch des Geserichsees mit sich brachte, und er konnte plötzlich wie auf dem Fernsehbildschirm das Schilf sehen, die Steine am Ufer und die Krebse, die sich im Schlamm vergruben.

»Ich hab einen Termin ausgemacht – auf dem ehemaligen Bauernhof von Schmidtke«, sagte sie. »Erwin kennt die neuen Besitzer.«

Sie strahlte, hatte sich die Haare hochgesteckt und trug einen dunkelroten Overall mit Stehkragen wie in den frühen Achtzigern. Das Rot, passend zu ihrer Haarfarbe, loderte wie eine Flamme.

»Was schaust du so verdattert drein? Gefalle ich dir nicht?«, fragte sie, als er sie auf die Wange küsste.

»Du bist die neue Miss Universum, Frau Juchelka ...«

»Ach komm! Versuchs lieber gar nicht ...«, gackerte sie.

»... Allmächtiger, mach mich blind! Oder lass mich ihr Diener sein, für alle Zeiten! Amen!«, sagte er und faltete die Hände. »Du hast schon für das Tagesprogramm gesorgt? Kommt mein Onkel mit?«

Mona steckte zwei Teebeutel in die Becher, goss das brodelnde Wasser ein und holte die Eier aus dem Kühlschrank.

»Chrys, ich bin so aufgeregt«, sagte sie. »Wahrscheinlich merkt man mir es nicht an. Ich kann mich hier überhaupt nicht zurechtfinden. Ich hab mir gleich nach dem Aufstehen die Gegend ein bisschen angesehen. Ich fühle mich hier zu Hause und gleichzeitig fremd, es ist alles so übersichtlich und klein, aber wenn ich eine Postkarte verschicken müsste, würde ich von Weite und Raum schreiben, falls ich überhaupt Worte fände. Dein Onkel – ich verstehe seine Sprache. Es ist, als würde ich mit meiner Mutter plaudern. Was geschieht mir?«

»Gar nichts. Es ist einfach und deshalb auch kompliziert. Über Amerika kann jeder sprechen, denn jeder hat aus dem Fernsehen und Kino eine Vorstellung von deinem Land – ob sie stimmt, ist eine ganz andere Frage. Europa ist wie ein Gewächshaus, in dem ein paar Nachbarn und gute Feinde sich die Beete teilen. Und du bist – ob du es willst oder nicht – eine Promenadenmischung wie ich. Solche Typen sind so gut wie überall zu Hause.«

»Das heißt, dass wir heute nicht umziehen müssen?«

»Nein. Ich möchte Erwin nicht kränken. Ich weiß gar nicht, was er vorhat. Wahrscheinlich nichts.«

Sie habe mit Erwin gesprochen, sagte Mona, auch über ihren Brief. Sie habe wissen wollen, ob der Stall auf Schmidtkes Hof noch in Betrieb sei, landwirtschaftlich in Betrieb, versteht sich. Und wo man den Schmidtke beerdigt habe, das habe sie am meisten interessiert.

Onkel Erwin kannte das Grab und den alten deutschen Friedhof am Waldrand. Die meisten deutschen Friedhöfe waren verschwunden. Die Bagger hatten Erde, Grabsteine und Skelette eingeebnet wie eine Müllhalde. Man musste Häuser bauen und brauchte Platz. Hier war es anders. Man erzählte sich jedenfalls, dort im Wald am Geserichsee liege der SS-Mann Schmidtke, dabei war er ja gar keiner gewesen. Erwin wusste, dass die Leute aus dem Dorf Unsinn redeten, die Ukrainer, die Weißrussen und die Polen. Das hatte sein Vater ihm immer wieder gesagt.

Richard Schmidtke war nach dem Krieg zu einem bösen

Märchen geworden. Sein Name diente den Erwachsenen als Schreckgespenst, als letztes Mittel gegen Ungehorsam und Aufsässigkeit. »Ich schick dich zu Schmidtke!«, hieß es, wenn ein Junge oder Mädchen nicht folgen wollte, sogar noch in der Schule. Chrystian selbst hatte diesen Spruch einige Male gehört, auch aus dem Mund seiner Mutter.

Als er Mona das erzählte, fiel ihm plötzlich das monotone nächtliche Läuten der Schiffsglocke ein. Aber Mona sagte, sie habe keine verdächtigen Geräusche gehört. Sie habe geschlafen. So fest wie schon lange nicht mehr.

»Vielleicht war es dein Handy.«

Gegen Mittag wurde es sogar heiß, wie an einem dieser nicht enden wollenden Julitage. Der Badestrand war menschenleer, die Sonne brannte erbarmungslos über dem jenseitigen Ufer, die Spiegelungen auf dem Wasser erzeugten silberne Flächen, und der Himmel und der Geserichsee verschmolzen zu einem breiten Strom wie dem Mississippi oder der Wolga.

Er beugte sich über Mona, die auf einer Wolldecke auf dem Bauch lag und sich sonnte. Sie hatte eine kurze Hose an, und ein Top. Ihre Zehen bohrten sich in den kalten Sand. Der Wind blies warme Luft auf den Badestrand und lockte kleine Fische ins seichte Gewässer. Mona schlief in der Stille des Mittags, lediglich das Rascheln der Zigarettenschachtel, wenn sich Chrystian eine anstecken wollte, störte die Ruhe.

Er beugte sich noch tiefer und küsste Monas Rücken,

genau an der Stelle, wo die zwei Muttermale waren, das schöne Zwillingspaar Kastor und Pollux. Er spürte in seinem Mund noch Monas Geschmack, roch ihren Duft an den Fingern. Er genoss die Vorstellung, dass er wieder und wieder tun konnte, was sie beide nach dem Frühstück in Onkel Erwin Gästezimmer getan hatten. Es war wunderbar, eine Frau zu besitzen und selbst ihr Sklave zu sein. Auf mehr kam es nicht an, obgleich ihm völlig klar war, dass er bei Katharina das gleiche gedacht hatte, und nun war sie längst fort.

Das Schlimmste musste sein, seine ehemalige Geliebte kurz vor dem Tode noch einmal zu treffen. Mit siebzig, achtzig, neunzig Jahren. Wenn alles zu spät war. Kein Versprechen der Götter, keine Hoffnung auf das Paradies und das ewige Leben oder eine Wanderung von Stern zu Stern konnten die Erkenntnis mildern, dass es Katharina, Boreas und Mona nie wieder so geben würde wie jetzt, mochten auch ihre Ebenbilder irgendwo gespeichert sein, im Computer des Universums.

Seine alte Heimat hatte sich jetzt schon verändert. Die Menschen schlossen sich auf ihren Grundstücken ein, an der Pforte hing das Schild »Achtung! Böser Hund!«, genau wie in den Dörfern bei Bremen. Was einmal heilig gewesen war, wurde zertreten und weggeworfen, wie immer, wenn eine Epoche zu Ende war und ein politisches System ausgedient hatte.

Ein Boot näherte sich, Chrystian erkannte Onkel Erwin, der am Heck saß und den Außenbordmotor steuerte. Er hatte wohl seine Fische verkauft, den nächtlichen Fang. Er war unrasiert, seine Augen versteckten sich unterm Schirm der Baseballmütze.

Mona kam wieder zu sich, öffnete die Augen und sagte: »Manchmal liege ich nackt in der Sonne, spreize ein bisschen die Beine und fange die Strahlen ein.« Sie drehte sich auf den Rücken und ergriff Chrystians Hand. »Ich suche mir immer einen Platz, wo mich niemand beobachten kann. Es können viele Stunden vergehen, und ich merke es nicht. Wenn ich dann in den Atlantik springe, mit der Sonne in meinem Bauch, ist das Wasser eiskalt.«

»Ich hätte dir gerne einmal dabei zugesehen«, meinte Chrystian, »wie du die Sonne einfängst. Hättest du es erlaubt?«

»Wenn ich dich lieben würde, ja.«

»Und du tust es nicht?«

In Monas Gesicht zeigte sich ein Lächeln. »Ich habe mir geschworen, dass nur der Mann dabei zusehen darf, mit dem ich zusammenlebe.«

»Du hast mir aber dein Geheimnis verraten. Warum liebst du mich dann nicht?«

Sie stand auf und hockte sich vor Chrystian hin. »Du willst mir etwas entlocken, was ich nicht sagen will. Ich möchte dich nicht enttäuschen. Ich wäre dankbar, wenn ich meine Sehnsucht mit jemandem teilen könnte. Übrigens, ich war eine gute Schülerin. Und an der Uni habe ich sogar ein paar Schwimmwettbewerbe gewonnen.«

»Siehst du! Wir hätten uns schon viel früher begegnen können. Ich war mal in New York ein Semester immatrikuliert.«

»Stimmt, das hatte ich ganz vergessen. Soll ich dir was sagen? Die Mormonen hatten gar keine Akten über die Brodds aus Deutsch-Eylau. Es war das Rote Kreuz, das mich auf die richtige Spur gebracht hat, und das Internet. Ganz einfach. Die Mormonen! Ha! Magst du solche Märchen, Chrys?!«

Sie waren in ihr Gespräch so vertieft, dass sie gar nicht merkten, wie Onkel Erwin vom Steg herüberkam und in Gummistiefeln über den Badestrand auf sie zustapfte. Er schleppte einen Benzinkanister und eine Einkaufstasche, die bis zum Rand voll gepackt war.

»Ihr lasst es euch gut gehen«, sagte er. »Das ist vernünftig. In eurem Alter habe ich mich abgerackert bis zum Umfallen. Ich trug doch die Verantwortung für den Forst Alt-Christburg und für meine Arbeiter.«

»Wie viele waren es denn?«, fragte Mona.

»Eine ganze Truppe, sieben Mann. Echte Halunken, auf die ich aufpassen musste, damit sie nicht allzu viel soffen und randalierten. Wenn sich einer verletzt hätte, mit der Säge oder beim Verladen der Baumstämme für das Sägewerk, hätte man mich gefeuert. Józek wog neunzig Kilo, er war der größte Raufbold von allen. Seine Streitsucht hat ihm ein Jahr Gefängnis eingebracht. Na, eifersüchtig war er auch, aber seine Frau ist ihm dann doch davongelaufen.«

Als sie schließlich aufbrachen, um den Hof von Richard Schmidtke zu besichtigen, hatte die Kraft der Sonne abgenommen, und der mit Wolken behangene Himmel senkte sich über den Wald. Die beackerten Felder dünsteten nicht mehr, und der See wurde stürmisch und schickte einen kalten Wind übers Land, der den Wald von Alt-Christburg zum Rauschen zwang.

Mona Juchelka! Warum war sie hier? Was musste sie sich auf dem Hof von Richard Schmidtke umsehen? Warum saßen sie nicht in Bremen in Rudis Café? Warum gingen sie nicht mit Boreas zum Spielplatz? Stattdessen gerieten sie in die Krallen eines Gewitters, das sich über dem Geserichsee zusammengebraut hatte.

»Bei uns weißt du nie, wie das Wetter wird«, sagte Onkel Erwin. »Es kann von einer Minute auf die andere umschlagen. Und so sind auch unsere Leute: gutherzig, und dann mir nichts, dir nichts voll Wut. Mein Bruder ist da nicht anders. Ich wollte nicht auswandern. Was sollte ich denn in Deutschland!? Meine Knochen sollen begraben werden in der Erde, die mich geboren hat.«

Das Polnische habe er zwar gelernt, aber nie verstanden, erklärte Erwin. Und das Jiddische, das müsse doch eine merkwürdige Sprache sein, wie Englisch. »Meine Mutter kann Jiddisch. Ich nicht, ich verstehe aber ziemlich viel.«

»Was ist eigentlich mit deinem Vater?«, fragte Chrystian.

»Meine Eltern haben sich scheiden lassen, als ich achtzehn war. Ich hatte kein besonders gutes Verhältnis zu meinem Vater.«

Nach einer Viertelstunde Autofahrt über Feldwege waren sie am Ziel angelangt, und Chrystian bereute sofort, dass er Mona hierher gebracht hatte. Er wusste zwar nicht genau, was in ihr vorging, aber ihre Enttäuschung beim Anblick der renovierten Gebäude von Schmidtkes Hof musste groß sein, denn sie wollte plötzlich wieder zurück ins »Jeziorak«.

Onkel Erwins Versuche, Mona zu einem Besuch bei den neuen Besitzern zu überreden, erstickten schon im Keim. Ihre Wangen erblassten, sie bekam einen Schweißausbruch wie im tropischen Klima. Ja, es war schwül geworden vor dem nahenden Sturm.

Agroturystyka hatte auf dem Schild an der Straße gestanden. *Ferien auf dem Bauernhof – Zimmer frei.* Und so war es auch. Die Scheune wurde umgebaut. Dort, wo einmal die Häftlinge untergebracht worden waren, gab es jetzt Fremdenzimmer. Der Rasen, frisch gemäht, lud zum Golfen und Purzelbäume-Schlagen ein. Eine Kuh aus Kunstharz, lebensgroß, stumm und von einem Künstler bemalt, stand im Garten.

»Die nehmen sogar Kreditkarten«, sagte Erwin.

Chrystian steckte sich eine russische Camel an, von denen er bei seinem Onkel eine ganze Stange billig gekauft hatte. »Was hast du denn erwartet, Mona? *Museum Stutthof – Außenlager* in Großbuchstaben über der Pforte? Die Leute können doch nicht wissen, dass sie sich auf einem Platz angesiedelt haben, der mit Leid durchtränkt ist.«

»Nein, das stimmt nicht!«, rief Erwin. »Ich hab Herrn Poprawa gleich gesagt: ›Junger Mann, Sie wissen nicht, was Sie da kaufen!‹ Aber er wollte nicht auf mich hören!«

»Na fabelhaft!«, meinte Chrystian. »Und was ist mit den Vorbesitzern geschehen?«

»Das waren Ukrainer, die sind nach Amerika gegangen. Zu ihrer Verwandtschaft.«

Bis zum frühen Abend war Mona nicht ansprechbar. Sie hatte sich mit einem Buch ins Gästezimmer zurückgezogen. Warum hatte es noch nicht zu regnen begonnen? Der Himmel war startbereit: Einige Male blitzte es im Wald, danach folgten die ohrenbetäubenden Donner, die lange brauchten, um sich auszutoben. Chrystian hatte den Eindruck, als würde der Himmel Domino spielen. Er zählte die Sekunden der Stille nach jedem Blitz, und wenn er beim zehnten oder zwölften Finger ungeduldig wurde, kam der Donner.

Onkel Erwin hatte ein ausgiebiges Mittagsschläfchen gehalten, und Chrystian saß mit einer Flasche Wein, den russischen Zigaretten und einem Stapel alter Zeitungen auf der Terrasse. Er hatte nicht den Mut aufgebracht, zu Mona zu gehen und sie zu fragen, ob alles in Ordnung sei. Denn offensichtlich war nichts in Ordnung. Er erinnerte sich an die Geschichte, wie Rudi im Gefängnis von einem Diamanten getroffen worden war. Das Bild hatte Chrystian gefallen. Genauso war es: Jeder Mensch wurde einmal im Leben von einem Diamanten getroffen, der genau dort einschlug, wo die Hindus an der Stirn einen roten Punkt trugen, das dritte Auge.

Chrystian hätte gern gewusst, ob Mona ein solches drittes Auge geöffnet worden war – bei dem Besuch auf Schmidtkes Hof. Er traute sich allerdings nicht, sie danach zu fragen. Schließlich hatte er zu Mittag Barsche gebraten, die Mona nicht essen wollte: »Ich hab keinen Hunger«, hatte sie gesagt, bevor sie wieder verschwand.

»Morgen früh, nach dem Unwetter, nehme ich euch beide zum Fischen mit«, sagte sein Onkel, als er sich zu ihm setzte. »Einmal müsst ihr sehen, was der gute alte Erwin so treibt. Meine Rente reicht zwar von vorne bis hinten nicht, aber ich bin zufrieden. Ich hab ein gutes Leben gehabt, niemandem was Böses angetan, nein, meine Arbeiter haben sich nie beklagt. Ich gehe nicht in die Kirche, aber im Wald, als ich noch berufstätig war, war ich Gott viel näher als jeder Christ. Schade nur, dass ich nicht geheiratet hab. Es hat sich nicht ergeben. Trotzdem weiß ich, was Liebe ist. Ich bin nicht dumm. Ich hatte viele Weiber. Eine hübscher als die andere. In dein Leben will ich mich nicht einmischen. Du bist ein gebildeter Mann, du wirst schon wissen, was du tust. Und dennoch, eines muss ich dir sagen: Frau Juchelka – mag sie auch ein bisschen verrückt sein – ist nicht dein Untergang, sondern du ihrer. Sie ist verliebt. Sie ahnt ja nicht, wer du bist. Aber ich kann dir sagen, wer du bist, Chrystian.«

Chrystian zuckte mit den Augenbrauen und fragte: »Ach ja? Wer bin ich denn?«

»Ein Betrüger, alter Knabe, ein Betrüger.«

Sein Onkel hätte das Gespräch gern fortgeführt, man sah es ihm an, aber es fing so laut an zu regnen, dass man jeden Satz wiederholen musste. Ringsum war es finster, wie unter einem Wintermantel. Und dann kam Mona. Sie rieb sich die Augen. Sie reckte die Arme, ihre Fingerspitzen erreichten fast das Dach der Terrasse. Sie wurde plötzlich ganz blass, machte einen Schritt rückwärts, auf die Türschwelle, und rief: »Es gießt wie aus Kübeln. Was für ein Krach! Ich werde taub, Chrys!«

Sie bebte am ganzen Körper, Erwin holte eine Wolldecke, hüllte sie ein und führte sie in die Küche. »Ich mach uns einen Tee, mit einem Schuss Rum«, sagte er.

Wenig später tranken sie den Tee, und Mona sagte: »Chrys, mir geht es wieder gut.«

Erwin sagte: »Ich stell jetzt den Wecker. Wir müssen morgen früh raus. Gute Nacht.«

»Wir werden fischen?«, fragte Mona, als sie in ihrem Zimmer allein waren.

Das Prasseln des Regens auf dem Dach wurde von Minute zu Minute schwächer, mit jedem Donnerschlag, und er wusste, dass am nächsten Morgen der See unterm wolkenlosen Himmel erwachen würde, in einer Klarheit, auf die jeder Mönch neidisch wäre. Sein Onkel mochte Recht haben, als er sagte, du bist ein Betrüger. Aber vielleicht nicht mehr lange. Er hatte Mona. Für diese eine Nacht noch einmal Mona.

Er riss ihr den Slip von den Beinen, er hatte nichts vergessen, weder Katharina noch Boreas, sie waren jetzt bei ihm, und all die gescheiterten, verkrüppelten Jahre, die in ihrem Namen eine Drohung aussprachen: Nicht mit uns, Chrystian, unsere Rache ist dir eines Tages sicher. Ja, ich bin ein Betrüger. Ich habe es nicht geschafft… Oder hätte ich mit Katharina weiter zusammenleben sollen – obwohl ich sie nicht mehr liebte? Bis zum achtzehnten

Geburtstag von Boreas? Was für eine Qual wäre das gewesen!

Er riss ihr den Slip von den Beinen und hielt ihn in der Faust, er roch nach Mona, nach ihrer Haut. Chrystian drang in sie ein, schloss mit seinen Fingern ihren Mund, sie war die Frau, die er in seiner Vorstellung liebte, nach der er Sehnsucht hatte. Er sah Mona wieder auf der Türschwelle, er hörte sie wieder rufen, ich bin taub, Chrys. Taub.

Sie flüsterte. Ich hab gestern geträumt, ich wäre dabei gewesen. Wobei? fragte er. Ich war dabei, als sie den Schmidtke umbrachten, ich war dabei, aber ich spürte nichts mehr; war ich tot? Nein, du warst nicht tot. Seltsam, von Schmidtke hab ich auch geträumt, in der Nacht nach deiner Ankunft in Bremen.

Sie liebten sich erneut, hatten nicht genug kriegen können. Sie schliefen beide für einen Augenblick ein und wurden wieder wach.

»Ich habe versagt«, sagte Mona. »Ich hätte dieses *Agroturystyka*-Hotel genau unter die Lupe nehmen sollen. Ganz sachlich. So werde ich nie eine gute Journalistin.«

»Nein, du hast nicht versagt. Du warst sehr tapfer. Wir können morgen noch einmal hinfahren, wenn du willst.«

Diese Nacht überlebe ich nicht: Er hätte schon vor Jahren zum Arzt gehen müssen, das EKG wäre bestimmt nicht ausreichend gewesen. Nach Boreas' Geburt waren plötzlich die ersten Schwächeanfälle aufgetreten, aus einem weißen, unendlich langen Korridor. Der Blick verengte sich, die Ermattung war übermächtig, wenn das Herzrasen begann und lange nicht stoppte, in diesem Korridor, der zu keinem Ausgang führte.

Cholera! Shit! Was habe ich denn bloß? Ich werde mich doch nicht zu Tode grämen, weil ich vielleicht unheilbar krank bin, wie Michail.

Niemand wusste von seinen Schwächeanfällen. Er hatte sie immer gut verheimlichen können. Er gab die Hoffnung nicht auf, dass sie von allein aufhören würden, er redete sich ein, dass sie irgendwann verschwinden müssten.

Mona schlief, und er beobachtete sie.

Kurz bevor der Wecker klingelte, wachte er auf, zog sich an und ging nach draußen. Die anderen blieben noch in den Betten. Von den Ästen der Kiefern tropfte es sporadisch, aber der Sturm war zu Ende. Kein Regen, kein Wind, nichts. Es dämmerte, und die Vögel fingen ihre sorglosen Hymnen an.

Sein Onkel hatte in weiser Voraussicht den Außenborder und den Generator zur Stromerzeugung mit Planen zugedeckt. Aber das Holzboot war voll Regenwasser gelaufen, mindestens knöchelhoch, vielleicht sogar noch höher. Unter der Sitzbank am Heck fand er eine Schöpfkelle und machte sich an die Arbeit.

Er war entspannt, sein Herz hatte sich wieder beruhigt und pumpte das Blut wie gewöhnlich. Er war froh, dass er wieder einmal davongekommen war. Er hasste den weißen Korridor und wollte ihn nie wieder sehen.

Nachdem er das Wasser aus dem Boot geschöpft hatte, ging er zurück zu Mona und Onkel Erwin. Sie waren schon auf den Beinen, als er die Terrasse betrat.

»Du bist früher aufgestanden als ich!«, freute sich Erwin. »Wir müssen mit dem Sonnenaufgang anfangen zu fischen. Später beißen sie nicht mehr.«

»Aber Onkel«, sagte Chrystian, »du willst angeln? Ohne Strom?«

»Natürlich nicht. Aber gewisse Spielregeln muss man beachten. Sonst hat es keinen Sinn!«

Mona war hellwach. Sie sah ausgeschlafen und munter aus. Sie sagte: »Chrys! Komm zu mir, gib mir einen Kuss!«

Es war das erste Mal, dass sie ihn in Anwesenheit seines Onkels dazu aufforderte. Das gefiel ihm. Er küsste ihren Mund und sagte: »Ich liebe dich.«

Er wunderte sich, dass er diesen Satz hervorgebracht hatte, er war ihm einfach so entwischt. Aber er merkte sofort, dass er nichts Falsches gesagt hatte. Mona lächelte, erwiderte seinen Kuss und sagte: »Ich liebe dich auch.«

Erwin schüttelte die Benzin- und Dieselkanister, nickte zufrieden und bemühte sich, seine Verlegenheit zu verbergen. Er suchte nach einer Beschäftigung, um von seiner Verlegenheit abzulenken, aber es war alles fertig, die Brote geschmiert, der Tee gekocht, die Regenjacken und Wolldecken lagen auf der Bank auf der Terrasse, und Mona sagte: »Als ich sechzehn war, bin ich das erste Mal ohne meine Eltern weggefahren, zusammen mit meiner Freundin Carmen. Wir sind zu ihrem Bruder nach Texas geflogen, nur für ein paar Tage, es war einfach herrlich. Du gibst mir meine Kindheit zurück.«

Chrystian strengte sein Hirn an, weil er Mona etwas Kluges entgegnen wollte, aber er war wie gelähmt: *Ich lie-*

be dich auch – er ließ es in seinem Kopf immer wieder abspulen, wie einen Song von Elvis Presley: *Ich liebe dich auch!* Und er wurde dieses Liedes nicht überdrüssig. Wo kommt das jetzt plötzlich her? Und wer ist wahnsinnig geworden – ich oder du? Wir sind doch beide schlechte Schauspieler, und es ist unmöglich, dass wir uns etwas vormachen könnten. Es ist also wahr. Ich darf und kann mich nicht täuschen. Diesmal nicht, nein.

Mona griff sich die Wolldecken und die Regenjacken unter die Arme und sagte: »Chrys, bleib in meiner Nähe. Ich mag es nicht, wenn du mich allein lässt.«

»Dazu hatte ich bis jetzt keine Gelegenheit.«

»Ich weiß. Ich bin nur überrascht, dass es …, wie sagt man?«

»… so glatt über die Bühne gegangen ist?«, half er ihr auf die Sprünge.

»… ich hätte es dir schon viel früher sagen müssen – meinetwegen auch auf Englisch oder Jiddisch, oder in irgendeiner Sprache –, dass ich dich liebe. Bereits in Leipzig. Ich war heilfroh, als du aus dem Fahrstuhl gestiegen kamst. Und wir müssen gar nicht nach Stutthof fahren … Das ist jetzt egal.«

»Wir werden schon nach Stutthof kommen, keine Angst. Vielleicht nicht morgen, und auch noch nicht bei der nächsten Reise. Aber irgendwann werden wir zusammen hingehen und alles gemeinsam durchstehen. Wir wollen doch keine Statisten sein, oder?«

»Nein, das wollen wir nicht.«

Erwin wurde ungeduldig. Er war immer noch verwirrt

und fand nicht die richtigen Worte, um ihre Unterhaltung zu unterbrechen. »Wir sind spät dran«, sagte er. »Wir müssen los.«

Erst als er den Mercury angeworfen und die 70 PS in Schwung gebracht hatte, die einen Höllenlärm machten, kehrte seine gute Laune zurück. Sie verließen die kleine Bucht des Erholungszentrums und stachen in den blauen Nebel des Geserichsees. »Dass ich das noch erleben darf! Mein Neffe hat sich verliebt, aber zum wievielten Mal? *Kurwa mać!* Und was wird daraus? Ein neuer Rekord! Heute ist Sonntag, sie sind erst seit Freitagabend da, aber sie lieben sich schon, kreischen und tuscheln wie die Hühner. Was soll denn das werden? Ich hab schon viel gesehen. Aber so was? Frau Juchelka, Sie sagen nichts, mein Täubchen, Sie haben was Besseres verdient … Was wollen Sie mit dem jungen Kerl?«

»Onkel! Es reicht!«, sagte Chrystian.

»Meinen Segen habt ihr! Selbst wenn ihr heulen solltet! Spätestens nach eurer Heirat! Dann wird es ja bekanntlich immer langweilig, und die Störche fangen wieder an zu klappern: Lasst uns paaren, aber nicht zu Hause!«

Mona sagte: »Wir wollen in Deutschland heiraten, sofort nach unserer Rückkehr. Erwin, kommen Sie? Wir laden Sie hiermit ein!«

»Natürlich! Aber es wird mein letzter Aufenthalt bei meinem Bruder sein. Ich werde bald sterben!«

Chrystian sah beide erstaunt an. Monas Grinsen konnte er deuten – sie nahm den Erwin hoffentlich auf den Arm –, aber der Ernst, der seinen Onkel erfasst hatte, war ihm nicht geheuer. Der Alte, er log nicht, es war so, wie er es gesagt hatte: Er würde wohl wirklich bald sterben.

»Ich werd' dich nicht aufhalten«, sagte Chrystian.

»Ich weiß, mein Sohn, ich weiß. Vielen Dank!«

Sie näherten sich einer Insel. Chrystian warf einen Blick auf die Uhr: halb vier. Die Nacht war zu Ende, der Himmel errötete allmählich, und Monas Haarspitzen schimmerten vom Tau. Erwin zog an seiner Zigarette, drückte sie aus und stoppte das Boot. Dann folgten ein paar kurze Instruktionen. Chrystian senkte den Anker ins Wasser, der rasch nach unten glitt und nach etwa sieben Metern den Boden erreichte. Seine Handflächen glühten vom Seil, und er kühlte sie im See ab.

3

Der Generator durfte nicht länger als zwanzig Minuten laufen, da ungebetene Gäste oder die Polizei auf den Lärm aufmerksam werden konnten. Erwin ließ den Gitterrost, der mit dem elektrischen Strom versorgt wurde, ins Wasser. Bald darauf wurden Stinte, Plötzen und Ukeleie mit nach oben gekehrten Bäuchen an die Wasseroberfläche getrieben und schwammen auf der Seite wie kleine Stücke Holz oder Rinde. Sie holten den Fang mit den Keschern ins Boot und fuhren ihre Beute zur Fischerei. Die Tour dorthin dauerte eine halbe Stunde, aber es hatte sich offensichtlich gelohnt, denn Erwin rieb sich die Hände und sagte: »Das sind bestimmt mehr als vierzig Pfund!«

Kein einziges Boot war im Hafen. Alle waren auf dem See, wo die Männer die Netze einholten, die sie in den Nächten zuvor ausgelegt hatten.

Vor der Fischerei spielte ein Mädchen, das etwa acht Jahre alt sein musste. Es war noch sehr früh, aber das Kind war es scheinbar gewohnt, um diese Zeit draußen zu sein.

Onkel Erwin musste mehrmals »Janeczku« rufen. Irgendwann erschien im Fenster ein müdes Gesicht mit einem Schnauzer. Der Mann hatte ein Unterhemd an und war nicht sonderlich begeistert darüber, dass er aufstehen musste. Er brauchte eine Ewigkeit, um zu begreifen, was los war, und kam schwerfällig und mit einer Zigarette im Mund zum Steg, um die Beute zu begutachten.

»In Ordnung, Erwin«, sagte er. »Ladet den Fisch in die zwei Kisten hier und bringt sie in die Kühlhalle.«

Nachdem die Ware abgewogen war, schrieb er ein paar Ziffern auf einen Zettel und zahlte Erwin sein Geld aus. Erwin nahm die Scheine begierig entgegen, hielt sie kurz vor den Mund und tat so, als ob er sie anspucken müsse: »Tfu, tfu!«, blies er zweimal.

Der Mann und das Mädchen gingen ins Haus.

Mona hatte die ganze Zeit über nichts gesagt. Sie hatte sich einheimisch angezogen, sie trug »Arbeitsklamotten« und auf dem Kopf eine Wollmütze, die sie aus Erwins Kleiderschrank hatte, man sah ihr nicht an, dass sie aus New York kam, und Chrystian überlegte, ob er nicht ein paar Monate mit ihr am Geserichsee bleiben könnte.

Sie machten sich auf den Rückweg.

Der Morgen wurde warm und sonnig, und Onkel Erwin, beflügelt durch seine gute Laune, schlug Mona vor, ihre journalistischen Erkundungen fortzusetzen: »Eine Stippvisite auf dem alten deutschen Friedhof, gleich nach dem zweiten Frühstück im ›Jeziorak‹, kann Richard Schmidtke nicht schaden.« Er könne sich gar nicht mehr daran erinnern, wann er das letzte Mal »bei seinen toten Deutschen« gewesen sei, wie er sich ausdrückte. Vielleicht Mitte der Achtziger, es müsse jedenfalls lange her sein. Als Förster habe er diesen Ort immer gemieden.

»Weshalb?«, fragte Mona.

Erwin steuerte das Boot an der Insel und der Stelle vorbei, wo sie gefischt hatten. Er drosselte den Motor, damit sie sich unterhalten konnten. »Ich hab immer gedacht: warum die Verstorbenen unnötig beunruhigen? Es war der einzige Abschnitt in meinem Forst, der nie eine Kettensäge gesehen und gehört hat, obwohl im Wald Ordnung herrschen muss. So. Ich hab keine Angst vor der Vergangenheit, aber das Beste ist, wenn man nach vorne schaut. Bei Ihnen, Frau Juchelka, ist das ein bisschen anders. Sie müssen alles tun, damit das, was einmal geschehen ist, nicht in Vergessenheit gerät. Ich hab dagegen nichts einzuwenden. Ich hätte übrigens dasselbe getan wie Ihr Opa, und er ist für mich kein Verbrecher, sondern ein Gerechter, sogar ein Held.«

Monas Augenbrauen zogen sich zusammen, sie saß mit Chrystian auf der mittleren Bank und schlürfte an ihrem Tee. Sie sagte: »Mutig ist er gewesen. Ob es falsch oder richtig ist, was er getan hat, will ich nicht beurteilen. Von seinem Flug zum Geserichsee habe ich sehr spät erfahren – ich war schon Studentin. Mein Bruder kannte die Geschichte schon länger.«

»Unser Vater war ein Feigling. Er hat bei Schmidtke gekocht und gleichzeitig zugeschaut, wie sich die Menschen zu Tode hungerten. Ein Speichellecker, dieser Johann.«

»Ich hab ihn geliebt«, warf Chrystian ein. »Er hat mir einmal Schuhcreme aufs Brot geschmiert, als wäre sie Pflaumenmus, und während ich gierig in die Schnitte biss, lachte er sich kaputt. Er war wenigstens lustig.«

»O ja! Damals sogar *sehr* lustig.«

»Was soll das heißen?«

»Was das heißt?«, fragte der Onkel. »Nimmst du mich auf den Arm?«

Chrystian ließ sich auf weitere Diskussionen nicht ein. Er wollte keinen Streit mit seinem Onkel.

Am Ufer kläfften ein paar herrenlose Hunde, als sie in die Bucht des Erholungszentrums einkehrten. Sie legten an, luden ihre Sachen auf den Steg und beobachteten die Hunde, die offenbar das ganze »Jeziorak«-Gelände durchstreift, aber nichts zum Fressen entdeckt hatten. Jetzt, da sie Menschen gerochen hatten, hofften sie wohl auf ein Almosen. Diese Bettler zogen auf der Suche nach Nahrung von Dorf zu Dorf, sie waren abgemagert und verzweifelt. In der Hochsaison hätten sie sich leicht satt fressen können, da quollen die Mülltonnen über.

Onkel Erwin brüllte und schmiss einen Stein in die jaulende Meute, um sie vom Badestrand zu vertreiben. Der tapfere Anführer der Streuner lief als letzter weg. Mona hatte sich mit einem Stock bewaffnet und rannte hinter Erwin her, der die Hunde zum Einfahrtstor und dann auf den Sandweg verscheuchte.

»Magst du keine Hunde?«, fragte Chrystian, als sie von der Vertreibungsjagd zurückgekehrt war.

Er hatte indessen die Benzinkanister und die Ausrüstung auf die Terrasse zurückgebracht und alle Dinge schön ausgebreitet, sodass der Zugang zur Tür versperrt war. Erwin kämpfte immer noch mit den Straßenkötern. Vom Sandweg hörte man sein Furcht einflößendes Fluchen.

»Ich konnte ihn nicht im Stich lassen«, antwortete sie. »Außerdem: Das gehört sich doch so, dass man die Sitten der Einheimischen respektiert.«

»Aha! Du meinst also, bei uns geht man gerne auf die armen Köter los und verprügelt sie – da hättest du meinen Opa Johann kennen lernen müssen. Dessen Wohnung glich einem Tierheim.«

Mona umschlang seine Hüften und sagte: »Niemand hat behauptet, dass er ein schlechter Mensch war, der Johann. Und was deinen Onkel anbetrifft, würde ich sagen, dass er ein Angeber ist, aber ein netter, zumindest stellt er keine Gefahr für seine Umgebung dar.«

»O ja! Er will mit Sicherheit niemanden zu seinem Glück zwingen. Das ist ihm hoch anzurechnen. Gewiss!«

Der deutsche Friedhof war nicht weit entfernt von Richard Schmidtkes Landgut. Wie groß er ursprünglich gewesen sein mochte, war schwer einzuschätzen, denn er hatte vor der Übermacht des Waldes kapitulieren müssen und wurde von ihm aufgesogen und zerstört. Man konnte an manchen Stellen die Reste der Mauer erkennen. Und die Ziegel? Waren sie von den Umsiedlern aus Galizien, Litauen und der Ukraine abgetragen und für den Bau eines Stalls oder einer Erdhöhle zur Kühlung von Vorräten wieder benutzt worden? Die kunstvoll geschmiedete Pforte ragte zur Hälfte aus dem Boden. Hier und da stieß man auf umgefallene, mit Moos bedeckte Grabsteine, und die Namen auf ihnen waren meist kaum noch lesbar.

Schmidtke war leicht zu finden. Man hatte ihn auf einer Parzelle beerdigt, die ursprünglich für neue Gräber angelegt worden war. Nach diesem letzten Begräbnis hatten keine mehr stattgefunden. Auf seinem Grabstein stand nur sein Name, das Geburts- und Sterbedatum fehlten. Unter dem eingemeißelten Kreuz hieß es in kleiner Schrift: *In Gottes Hand sein Schicksal* und *Ruh', sein Herz und Müh'*.

»Das will ich stark hoffen«, sagte Chrystian.

Mona schoss mit ihrer Digitalkamera einige Fotos, auch von anderen Gräbern. »Warum kümmert sich niemand um diesen Friedhof?«, fragte sie Erwin.

»Liebes Mädchen! Was soll ich dir darauf antworten? Es sind keine Soldatengräber von irgendwelchen Helden. Von den Heutigen interessiert sich niemand, wer all diese Menschen hier einmal gewesen sind. Wir haben doch unser Leben und neue Sorgen. Und die Deutschen werden nicht mehr zurückkehren – darauf kannst du Gift nehmen –, und ich will es auch nicht, dass sie kommen! Ich hab nichts gegen meine Landsleute, aber was geschehen ist, kannst du nicht mehr ungeschehen machen. Was willst du da noch umkrempeln?!«

Mona sagte: »Ich möchte nichts umkrempeln, nur verstehen.«

»Ich wollte auch verstehen«, warf Erwin ein. »Und was ist aus mir geworden? Nichts. Ich bin einsam, aber nicht so einsam, dass ich verrückt werden könnte.«

»Das sind selbst gemachte Leiden, Onkel«, sagte Chrystian.

»Kann schon sein. Übrigens, da heute Sonntag ist, muss ich nach Iława, zu meiner Freundin Ela. Sie macht einmal in der Woche meine Wäsche und bügelt meine Hemden.«

»Nimmst du uns mit? Gibt's in Iława ein ordentliches Café?«, fragte Chrystian.

»Du hast ein Auto, also musst du *mich* mitnehmen. Ich fahr sonst immer mit dem Bus. Ich zeig euch auch ein gutes Café. Deine Stadt hat ein neues Gesicht. Es könnte sein, dass ich in Iława übernachte, bei Ela. Sie ist Witwe. Erspart mir bitte euer Grinsen. Es ist nichts Ernstes.«

»Wieso? Mona und ich freuen uns für dich. Dann bist du ja gar nicht so einsam?«

»Ich habe auch meine Bedürfnisse.«

Sie verließen den Friedhof und gingen zu ihrem Wagen.

Mona nahm im Erholungszentrum eine Dusche und schlüpfte in frische Kleider.

»Darf ich dir ein Rätsel aufgeben?«, fragte Chrystian. »Fester Arsch, schneller Gang – wer ist das?«

»Diese Frau kenne ich nicht«, sagte sie. »Ich stinke immer noch nach Fisch, riechst du es nicht?«

»Ja, aber es stört mich nicht, weil ich dich liebe.«

»Du musst auch duschen. Ich mag es nämlich nicht, wenn du nach Fisch stinkst.«

Der Nachmittag brachte noch mehr sommerliche Hitze. Man konnte ein T-Shirt anziehen und brauchte keine Jacke.

»Ich werde mich erst heute Abend waschen. Im Café wird man mich für einen Angler oder gar Fischer halten. Das gefällt mir. Wir dürfen nur nicht Deutsch sprechen. Ich werde mir ein Bier bestellen und so tun, als wäre ich von hier. Eine schöne Vorstellung.«

»Du bist doch von hier.«

»Erst im Café werde ich von hier sein. Das verspreche ich dir. Erwin wird übersetzen.«

»Nein, er ist dann bei seiner Ela. Wir müssen auch gar nicht reden. Wir werden Bier trinken und Zigaretten rauchen.«

»Gut. Nur über eine Sache müssen wir reden: Wie soll es mit deinem Programm weitergehen?«

»Du willst es schnell abhaken, was?«

»Ja, damit wir endlich Zeit für uns haben. Wann willst du dir das KZ anschauen?«

Mona schwieg.

»Wir könnten nach Danzig fahren, von Stutthof aus entlang der Küste. In Sopot gibt es das Grand Hotel, direkt am Strand. Es ist uralt und unheimlich sexy. Eine Nacht im Grand Hotel wird mich schon nicht ruinieren. Ich hab einen internationalen Studentenausweis.«

»Okay. Das klingt alles gut. Aber es muss nicht heute und morgen sein. Ich will noch ein bisschen hier am Geserichsee bleiben. Chrys, du machst mich so glücklich, als müsste ich nie wieder nach Hause zurück.«

»Tja! Wenn bloß die Klagemauer in alle Ewigkeit Geld ausspucken würde …«

»Wie gruselig! So heißt bei euch der Geldautomat in der Wand?«

»Ja, ich hab's von meinem Onkel aufgeschnappt.«

Im Auto, auf dem kurzen Weg nach Iława, beschäftigte Mona plötzlich nur eine Frage: Wozu braucht der Mensch Religion, wenn selbst kleine Dorffriedhöfe am Waldrand nicht gepflegt werden?

»Kennst du den Song *She gives me Religion* von Van Morrison?«, fragte Chrystian.

»Ja, ein wunderbares Stück.«

»Dann verstehst du jetzt, warum ich dich vergöttere.«

»Du liebst jemanden, den es schon längst nicht mehr gibt. Genauso wie all die Milliarden Menschen, die vor uns da waren und gelebt haben.«

»Gut, dann verkehre ich eben mit lauter Geistern, und einer davon bist du. Aber du bist doch gar keine richtige Jüdin. Du hast mir erzählt, dass deine Familie nicht mehr nach den Gesetzen eurer Religion lebt.«

»Den Talmud habe ich gelesen. Und auch die Gemara«, sagte Mona. »Mehr oder weniger aus Pflicht, denn ich mag es nicht, dass mir diktiert wird, was ich darf oder nicht.«

»Ich kenne eure heiligen Schriften nicht«, mischte sich

Onkel Erwin ein. »Ich kenne nicht einmal unser Neues Testament. Aber einer, der nicht tötet, vergewaltigt oder stiehlt, muss vor Gott keine Angst haben. Mit anderen Worten: Wenn man von selbst rechtschaffen ist – wozu dann noch beten?«

Chrystian sagte: »Ich merke schon – dein Gott dient vor allem zur Abschreckung. Seine Anhänger sind in Wirklichkeit Sklaven, die immer wieder ausgepeitscht werden müssen, damit sie parieren und keine Sünden begehen. Du bist eben doch ein richtiger Katholik!«

»Und Jesus?«, fragte Mona.

»O ja! Wo war denn seine Liebe, als mich meine Eltern gemacht haben?«, fragte Onkel Erwin. »Für mich wäre es besser gewesen, wenn sie mich niemals gezeugt hätten.«

»Jesus? Du fragst nach Jesus? Ich bin Jesus, und du bist Jesus. Jeder ist Jesus. Damals, vor zweitausend Jahren, war das vielleicht eine neue Botschaft: *Sei du selbst und lass die anderen so sein, wie sie sind!*«, sagte Chrystian. »Aber heute ist das ganz selbstverständlich. Heute hat jeder etwas Individuelles, Großartiges, Unzerstörbares und Unvergessliches, was er seinem Nächsten unbedingt weitergeben und mitteilen will. Wir lassen uns auf dem Rücken ein keltisches Kreuz oder ein paar ägyptische Hieroglyphen tätowieren und denken sofort, dass wir unsterblich sind. Wir verlangen, dass man uns liebt und bewundert, und geben vor, unsere Nächsten zu respektieren, obwohl wir sie im Stillen hassen. Ab und zu wirft sich jemand vor den Zug, wie meine Nachbarin letzten Frühling, Mutter von zwei kleinen Mädchen, aber ansonsten ist alles in bester Ordnung. Für mich zum Beispiel ist Miles Davis' Trompetenspiel göttlich, und trotz alldem: Vor dem Abkratzen hat ihn seine Musik nicht geschützt.«

»Chrys, nach solch einem Monolog kann man sich nur noch aufhängen«, sagte Mona. »Dein Jesus ist eine Comicfigur. Da ist mir dein Onkel schon lieber.« Sie lockerte ihren Sicherheitsgurt, drehte sich um und blickte Erwin freudestrahlend an.

Chrystian sah im Rückspiegel, wie sich sein Onkel am Hals kratzte, was er immer dann tat, wenn er in Verlegenheit gebracht wurde. Er kratzte sich, kurbelte das Fenster herunter, zündete sich eine Zigarette an und sagte: »Starker Tobak! Aber ich weiß, liebes Mädchen, dass du aus reinem Herzen sprichst. Unser Chrystian ist ein Quälgeist. Ein lieber noch dazu. Deshalb verzeihen wir ihm. Ich war nie ein Querulant. Meine Eltern haben mich gelehrt, ruhig Blut zu bewahren, in jeder Situation. Ich habe sie im neuen Polen unter die Erde gebracht. Sie liegen in Iława, nicht in Deutsch-Eylau. Obwohl sie Ostpreußen waren. Sie waren keine Ausreißer wie Gustaw. Sie sind ihrer Heimat treu geblieben – im Gegensatz zu meinem Bruder. Doch sei es drum – wir drei haben unser altes Land nie verlassen. Wir haben zu Hause Deutsch gesprochen, Chrystian kann sich daran erinnern. Und trotzdem haben wir die Kraft gehabt, Polen zu sein. In diesem von Sturmtruppen zertrampelten Land. Chrystian – habe ich einen deutschen Akzent, wenn ich Polnisch spreche? Nein! Also, was soll's! Mir steht ein zweiter Reisepass zu, den ich nicht beantragen werde: Ich gehe nicht nach Bremen und kassiere meine Rente, die ich mir in der Alt-Christburg verdient habe. Ich bin kein Schmarotzer.«

Chrystian parkte in der Innenstadt und sagte: »Raus mit euch beiden! Ich bin euer Chauffeur, und ihr beachtet nicht einmal die wichtigste Regel: *Während der Fahrt nicht mit dem Wagenführer sprechen.*«

»Gib mir deine Hand und sei nicht so zickig«, sagte Mona.

»Das musst du gerade sagen«, schoss er zurück. »Ohne eine Dusche würdest du keine zwei Tage überleben. Ich stinke gerne, vor allem nach Fisch.«

Onkel Erwin führte sie zu einem Café, in dem man auch draußen sitzen konnte. Er blieb auf ein Bier, ehe er nach seiner Reisetasche mit der schmutzigen Wäsche griff und sich verabschiedete: »Ich gehe jetzt zu Ela *waschen*. Ich ruf euch später an. Auf eurem *Handtelefon*.«

Mona setzte ihre Sonnenbrille auf und schob ihr Kleid über die Knie. Ihre Strickjacke legte sie auf den Schoß. Ihr Gesicht empfing von allen Seiten die Sonne.

»Und jetzt, Herr Angler, werden wir uns anschweigen, oder was?«, fragte sie mit geschlossenen Augen.

»Vielleicht sollte ich diese Länder verlassen und mit dir nach Amerika gehen«, sagte Chrystian. »Ich bin so müde. Ich könnte ein Mittagsschläfchen vertragen. Du nicht? Wir sind doch seit vier Uhr morgens auf den Beinen!«

Mona rührte sich nicht.

»Du siehst jetzt aus wie die Frauen in den italienischen Filmen aus den Sechzigerjahren«, sagte er.

»Was würdest du denn in Amerika machen?«, fragte sie – ihre Augen blieben geschlossen.

»Gar nichts. Wir wären zusammen. Du wanderst doch nicht nach Europa aus.«

»Mein Bruder würde dich nach deiner Ausbildung fragen«, sagte Mona.

»Bist du mit ihm verheiratet?«

»Nein. Aber ich kenne meine Familie. Und du kommst aus Deutschland.«

»Ist das ein Hindernis?«

»Ja und nein. Aber auch deine polnische Herkunft würde sie nicht begeistern. Vor allem meine Mutter nicht.«

»Bist du mit ihr verheiratet?«

Mona riss sich die Sonnenbrille von der Nase und lachte. Sie schaute ihn beleidigt an.

»Nein, ich bin nicht mit meiner Mutter verheiratet. Aber du weißt ja, was in den sechziger Jahren in Polen passiert ist. Ich werde mich kurz fassen: Klara, meine Mutter, ist 1947 – im selben Jahr und Monat übrigens, als mein Großvater auf dem Geserichsee landete – mit ihrem Onkel aus Bidgoschtsch nach Westberlin ausgereist. Zum Glück. Wäre sie in Polen geblieben, hätte sie spätestens 1968 flüchten müssen, und zwar diesmal vor den Kommunisten.«

»Schwachsinn. Adam Michnik zum Beispiel – er ist nicht weggegangen.«

»Wer ist Adam *Mychnyk*?«

»Ist doch scheißegal. Ich hätte auch Tomasz W. aus Posen erwähnen können, oder irgendeinen anderen x-beliebigen Trottel.«

Mona runzelte die Stirn.

»Wenn du nicht weißt, was du in Amerika mit deinem Leben anfangen würdest …«, sagte sie.

»Dann was?«, unterbrach er sie. »Ist Amerika die letzte Prüfung? Wenn man es dort nicht schafft, dann nirgendwo mehr? Was erzählst du mir da für einen Kappes?«

»Kappes?«

»Verstehst du das Wort nicht?«

»O doch!«

Sie stand auf und sagte: »Ich gehe jetzt eine Runde spazieren, aber alleine. Eigentlich wollte ich, dass du mir das Haus zeigst, in dem du deine Kindheit verbracht hast. Aber das ist jetzt vielleicht nicht so günstig. Du verstehst einfach nichts …«

»Mona! Hey! Mona!«, rief er hinter ihr her, als sie wegging. Sie drehte sich nicht einmal um.

Er bestellte sich noch ein Bier und einen Wodka obendrein. Sie wird sich nicht verlaufen, dafür ist Iława viel zu klein. Und ich *idiota*, warum habe ich gesagt, dass ich vielleicht nach Amerika auswandern will? Mona hat mich doch schon mehrmals gebeten, keinen Druck auf sie auszuüben. Lass alles laufen, es muss sich entwickeln, sagt sie.

Er begann, sich Sorgen zu machen, bezahlte und ging los, um Mona zu suchen. Am Kiosk kaufte er sich das Nachrichtenmagazin *Wprost* und eine Schachtel Marlboro Light. Die volle Stange von Onkel Erwin lag im Häuschen am Geserichsee.

Er fragte sich, ob ihn jemand auf der Straße erkennen

würde. Er selbst kannte hier niemanden mehr. Er wusste, dass von seinen alten Lehrern vielleicht noch drei lebten und sogar weiter unterrichteten. Mazowski, Erdkunde, hatte seinen Sohn 1995 verloren, zwei Jahre später starb er vor Kummer selbst. Die Mathelehrerin Wilczak verlor zunächst ihren Mann, wenig später das Kind, und anschließend nahm sie sich das Leben.

Der Kreuzzug der Bewohner von Iława würde nie enden. Er war früher selbst mitmarschiert, und obwohl er nicht mehr von hier war, hatte er das Gefühl, dass man ihn jederzeit wieder einberufen könnte, wie einen Reserveoffizier. Dann müsste er wieder mitlaufen und seinen Dienst tun. Die Nabelschnur zu kappen war das Schwierigste, was ein Ausgereister oder Geflüchteter leisten musste: Niemand trennt sich einfach so von seiner Stadt. Die Menschen, die du einmal gekannt hast, werden in deinem Gedächtnis zu Geistern, die nie schlafen und altern. Darek, neben dem du bis zur achten Klasse in der Grundschule gesessen hast, ist vierzehn Jahre alt geblieben. Er ist nie älter geworden.

Er sah sich die Schaufenster der Boutiquen an, die extra für die Touristen geöffnet hatten, überlegte sogar, sich neue Schuhe zu kaufen, aber nach einem Blick in sein Portemonnaie ließ er von dieser Idee ab.

Mona war seit etwa einer Stunde allein. Er musste sie nicht suchen. Sie würde ihm irgendwann entgegenkommen, wahrscheinlich mit einer Tragetasche aus Papier, in der ein neuer Rock stecken könnte.

Er musste feststellen, dass Iława voller hübscher Frauen war, jede zweite hätte er ins Café einladen können. Wie würde es erst in Danzig und Sopot aussehen? Wahrscheinlich befand sich dort das Paradies. Fein, und warum habe ich mich nicht umgezogen? Mona wusste, was sie tat, als sie nach der Dusche in frische Kleider sprang.

An den Hosenbeinen seiner Jeans klebten Schuppen, sein T-Shirt war durchgeschwitzt und sein Haar zerzaust. Die älteren Männer trugen Sonntagsanzüge, sie waren in der Kirche gewesen. Die Jungen hatten weiße Hemden an, und die Mädchen Sommerkleider und -schuhe.

Am Jachthafen in der Nähe der 3.-Mai-Brücke wimmelte es von Spaziergängern.

Mona war nirgends zu sehen, überall kampierten Familien, alle Bänke waren besetzt, und es roch nach Eis und Limonade, die Luft war klebrig und süß.

Chrystian stellte sich ans Ufer und sah sich die Segelboote an, als er plötzlich hinter seinem Rücken eine bekannte Stimme hörte: »Du hier?«

Er wandte sich um und sagte: »Das ist ja wie bei unserer ersten Begegnung am Flughafen! Verzeih mir, Mona, aber wo sollte ich denn sonst sein?«

Sie gingen ein Stück zusammen und schwiegen.

»Bist du noch sauer?«, fragte Chrystian, als er die Stille nicht mehr aushalten konnte.

»Nein. Ich hab in dem Café bloß überreagiert. Ich bin gar nicht so hysterisch, das weißt du doch«, sagte sie. »Meine zwei Monate, die ich in Leipzig verbringen will, werden schnell um sein. Wir könnten dann im Juli nach Amerika fliegen.«

»Ich kann nicht gleich zu Beginn meines Dienstes im Altenheim um zwei Wochen Urlaub bitten. Übrigens keine Angst: Ich will gar nicht dein Ehemann werden. Das war nur ein Witz.«

»Ich – meinerseits – habe noch keine Lust auf die Ehe. Und eine Schwangerschaft – zumindest zum jetzigen Zeitpunkt – würde meine beruflichen Pläne unmöglich machen.«

»Das musst du mir nicht erklären.«

Inzwischen hatte sich Onkel Erwin auf Chrystians Handy gemeldet. Seine Ela habe wunderbar gekocht und lade die Gäste aus Deutschland zum Abendbrot ein. Er nannte die Uhrzeit und die Straße.

Sie machten sich auf den Weg zum Auto, ohne zu wissen, warum. Sie hatten noch den ganzen Nachmittag für sich allein und kein klares Ziel vor Augen. Sie hätten eine Bootsfahrt unternehmen können. Die Supermärkte hatten auf. Die Kirchen ebenfalls. Und die Sonne hing über dem Jachthafen, auf den man aus einem Hotelzimmer einen herrlichen Ausblick hatte. Er war noch nie mit einem Mädchen in einem Hotel gewesen. Nein, stopp. Das stimmte nicht. Mit seiner ersten Freundin hatte er sich mal für zwei Stunden ein Zimmer genommen. Sie war achtzehn, er neunzehn gewesen.

»Wo habt ihr denn hier gewohnt?«, fragte Mona.

Sie schlenderten wieder an ihrem Café vorbei.

»Anfang der Siebziger wohnten wir alle bei Onkel Erwin – auf fünfundsechzig Quadratmetern: Meine Eltern, ich und meine Großeltern. 1974 bekam mein Vater dann endlich eine Dreizimmerwohnung in einer Plattenbausiedlung: Zentralheizung, Badewanne, warmes Wasser. Ich weiß nur, dass sich meine Mutter ständig mit Erwin gestritten hat. Es ist bis heute ein Geheimnis, warum sie einander so gehasst haben. Mein Vater hat sich in diesen Streit nie eingemischt. Er verweigert mir zu diesem Thema jegliche Auskünfte. Er sagt: Eines Tages wirst du groß sein und kapieren. Jetzt bist du noch zu jung.«

»Solche Geheimnisse gibt es in jeder Familie. Meiner Mutter hat es überhaupt nicht gefallen«, sagte Mona, »als sie von meiner Europareise erfuhr. ›Was willst du an diesem See finden? Moorleichen? Ein Versteck im Wald?‹, hat sie gefragt. Mein Opa habe niemanden umgebracht, sagt man bei uns. Es sei eine militärische Aktion gewesen. Sauber und ordnungsgemäß ausgeführt.«

4

Dann bekam Mona Kopfschmerzen, sie litt ab und zu an Migräne. Sie holte aus ihrer Handtasche Tabletten, die sie schluckte, wenn es ganz schlimm wurde. Sie hasste die Pillen, die ihr der Hausarzt zweimal im Jahr verschrieb. Ich will nicht von dem Zeug abhängig werden, sagte sie. Sie beschloss auch diesmal, durchzuhalten, steckte die Packung mit den Tabletten wieder in die Plastiktüte zurück, die sie mit einem Gummiband verschloss, und verstaute sie ganz tief in ihrer Handtasche.

Onkel Erwins Witwe war etwa fünfzig Jahre alt und bewohnte in der Altstadt zwei Zimmer. Sie war von kleinem Wuchs und arbeitete im Rathaus als Sekretärin. Ihr runzeliges Gesicht versuchte sie mit dicken Schichten Make-up und Puder zu verschönern.

Gegen das Kopfweh gab sie Mona eine chinesische Salbe, mit der man die Schläfen einreiben musste. »Zu Anfang, wenn Sie die Salbe auftragen, brennt es ein bisschen, aber das macht nichts. Lassen Sie Ihre Schläfen brennen«, sagte sie.

Mona war skeptisch, befolgte aber aus Höflichkeit die Anweisungen, die Chrystian für sie übersetzte.

»Wir werden nicht lange bleiben«, sagte er, »*meine Frau* muss ins Bett!« Das gefiel ihm, dass er Ela gegenüber von *seiner Frau* sprach.

Mona schaute ihn verunsichert an. »Was erzählst du da über mich? Ich hab aus eurem Gespräch meinen Namen gehört.«

»Ich hab gesagt, dass ich dich liebe. Mehr nicht.«

»Angeber!«, lächelte sie.

»Von mir aus kannst du mich so nennen.«

»Sag bitte, dass wir uns erst seit zwei Wochen kennen.«

»Hast du dir es im Kalender notiert? Unglaublich. Liebe auf den ersten Blick.«

Erwin übernahm die Dolmetscherrolle und versuchte, Ela zu erklären, wie es um den Familienstand seines Neffen und der jungen Dame bestellt war: »Die Hochzeit ist angeblich schon geplant …« Aber als er anfing, von Monas Großvater und seiner Landung auf dem Geserichsee zu erzählen, platzte Chrystian der Kragen.

Er unterbrach seinen Onkel und sagte auf Polnisch: »Ich möchte Sie nicht verunsichern, Frau Ela, aber vergessen Sie die Geschichte mit dem Flugboot und Monas Großvater. Er lebt nicht mehr, und wir sind darüber sehr traurig. Aber wir kümmern uns lieber mehr um die Zukunft: Wir sind glücklich, Mona und ich.«

Erwin guckte mürrisch drein und sagte: »Ich werde von nun an meine Klappe halten. Das verspreche ich dir, Ela!«

Die Witwe sagte: »Herr Chrystian! Sie sind ein Optimist, und glauben Sie mir – eine Ehe darf nur der Tod scheiden.« Sie trippelte in ihren Stöckelschuhen durch die Wohnung, als hätte man sie aufgezogen wie eine Spielzeugmaus.

»Ich lasse Sie erst dann gehen, wenn wir gegessen und getrunken haben«, sagte sie und führte ihre Gäste ins Wohnzimmer; an den Wänden hingen billige Ikonen von Jesus und Maria, und im Bücherregal standen Bilderrahmen mit Fotos von ihren beiden Söhnen.

Mona hatte diesmal alles verstanden, Chrystian brauchte nicht zu übersetzen. Ela bereitete eine Bratente zu. Auf den Tisch stellte sie eine Flasche Wodka.

»Erzählen Sie bitte noch einmal«, sagte sie nach dem ersten Glas, dem Aperitif, »lieber Freund, wann und wo Sie heiraten. In *Brema*? Ihre Verlobte kommt doch aus Amerika, oder?«

»Nein, aus Israel«, sagte Chrystian.

Erwin, der an seinem schwarzen Tee nippte, verschluckte sich und sagte auf Deutsch: »Junge, hör doch mit diesem Schwachsinn auf. Ich bitte um ein wenig Respekt.«

»Den sollst du auch kriegen«, antwortete er. »Aber die Frau Naseweis geht mir auf die Nerven. Sie muss nicht meine Hemden bügeln, und sie ist nicht meine Geliebte – insofern bin ich auch nicht dazu verpflichtet, mit ausführlichen Auskünften zu dienen, die ihre seichte Fantasie anfüttern sollen. Außerdem lass uns endlich Polnisch sprechen.«

Mona sagte: »Die Salbe fängt an zu wirken. Es ist ein Wunder geschehen!«

Erst als die Flasche Wodka leer war, verließen sie die Wohnung der Witwe; es war kurz vor zwanzig Uhr, und Chrystian setzte sich ans Lenkrad.

»Du bist besoffen«, sagte Mona.

»Und du hast Kopfschmerzen.« Er machte für die kurze Fahrt Musik an: *Kind of Blue* von Miles Davis. »Vertrau mir endlich. Ich bin hier zu Hause.«

»Und wenn sie uns anhalten?«

»Dann werde ich die Bullen fragen, ob sie Miles Davis kennen.«

»Du bist verrückt.«

»Ich bitte dich um Aufmerksamkeit. Diese LP wurde im Himmel aufgenommen – zumindest laut Jimmy Cobb, dem Schlagzeuger. Und der Himmel ist uns selten gnädig. Also, genieß es und lass uns nicht mehr streiten.«

Im Erholungszentrum holte Chrystian Holz aus dem Wald und machte ein Lagerfeuer für Mona. Die Nächte waren kühl. Onkel Erwins elektrischer Heizlüfter war ein

Produkt der sozialistischen Technik und kam gegen die masurische Kälte und Feuchte kaum an. Mona nieste und schlief seit ihrer Ankunft in ihrem Jogginganzug unter der Bettdecke. In Bremen gab es zwar Pelzmäntel und man kannte – zumindest theoretisch – auch Schnee, doch im Prinzip herrschten dort dank der weltweiten Klimakatastrophe das ganze Jahr über konstante zwölf Grad. Hier am Geserichsee war noch alles beim Alten geblieben, wie in Sibirien. Der Frost hieß immer noch Frost, und im April lag oft noch überall der Schnee.

Mona hüllte sich auf einem Klappstuhl in eine Wolldecke und starrte in die Flammen. Chrystian schenkte ihr ein Glas von dem Wein ein, den sie aus Iława mitgebracht hatten, und legte ein paar Scheite ins Feuer. Er sagte: »Meine Schule war eine ehemalige Kaserne der Wehrmacht. Die Gebäude ähnelten einem Gefängnis. Schade, dass du sie nicht gesehen hast. Ich fühlte mich als Schüler immer wie ein Soldat. In Deutschland habe ich dann als erstes Zivildienst geleistet. In meiner Verweigerung schrieb ich, dass ich mir niemals vorstellen könnte, auf meine Brüder und Schwestern aus dem Osten zu schießen. Neunundachtzig war der ganze Spuk vorbei. Ich stand als Zivi ganz schön blöd da. Warum? Weil ich als ›polnischer Ossi‹ quasi nichts mehr in der Hand hatte – der Kalte Krieg war einfach zu Ende. Zumindest fürs Erste. Heute hat sich das Blatt gewendet. Russland und dein Amerika sind wieder dort angekommen, wo sie am Anfang waren. Ihre Soldaten sterben fürs Öl. Und in zweihundert Jahren werden die Professoren die Studenten lehren, dass Gorbatschow und

Wałęsa die Hauptverursacher der globalen Wirtschaftskrise gewesen seien, der wenig später der erste Krieg um die Ressourcen der Erde gefolgt sei. Danke!«

Mona sagte: »Komm zu mir.«

Er kniete sich auf den Boden, spreizte ein wenig ihre Beine, schob das Kleid hoch, sodass Monas Slip zum Vorschein kam, und schmiegte seinen Kopf an ihren Bauch. Sie umarmte Chrystian und hüllte ihn in die Wolldecke. Sie meinte: »Weißt du noch, was Onkel Erwins katholische Witwe über ihren Mann gesagt hat? Du hast es mir übersetzt: ›Frau Juchelka, ich habe meinen Zbyszek vor drei Jahren beerdigt. Er hat mir nichts geschenkt. Aber er hat auch sein Bestes gegeben. Daran sollten Sie immer denken: Dass wir versuchen, immer nur das Beste aus unserem Leben zu machen. Jeder auf seine Art.‹ Ich habe während der Autofahrt darüber nachgedacht. Und ich bin zu dem Ergebnis gekommen, dass sie etwas ausgesprochen hat, was ich schon lange gewusst habe: Du kannst niemanden ändern.«

Chrystian befreite sich aus Monas Umarmung und küsste ihre Hände: »Das hilft mir herzlich wenig, Süße. Und dir auch nicht.«

»Ich habe keine Angst, Chrys. Dass wir uns getroffen haben, kommt mir wie ein Traum vor. Es dürfte normalerweise nicht wahr sein. Aber ich will mir nichts einbilden. Ich will nur alles aushalten, wie ein krebskranker Patient.«

»Eine schöne Vorstellung«, sagte er. »Dann bist du stärker als ich. Ohne Betäubung läuft bei mir so gut wie nichts.«

Mona beugte sich zu ihm herunter und gab ihm einen Kuss. »Du Süßer. Wo lebt eigentlich deine Mutter? Haben sich deine Eltern scheiden lassen, wie meine?«

Er richtete sich auf und steckte sich eine Zigarette an.

»Sie ist vor zwei Jahren die Kellertreppe hinuntergestürzt und hat sich das Genick gebrochen. Ganz banal.«

»Das tut mir leid. Ein furchtbarer Unfall.«

»Ungerecht in erster Linie. Sie war noch so jung! Keine sechzig ...«

Mona öffnete den Reißverschluss seiner Jeans.

»Lass es mich tun«, sagte sie. »Vermisst du sie sehr?«

»Ich weiß nicht.«

Er fühlte, wie sein Schwanz in Monas Mund steif wurde, und warf die Zigarette ins Feuer.

»Nein, so nicht«, sagte sie, als sie aufstand. »Es ist kalt. Lass uns reingehen. Du kannst das Feuer später löschen.«

»Ich habe dich betrogen«, sagte er, als sie im Bett lagen. »Verdammt! Mir fehlt die Begeisterung für den Kampf gegen die tägliche Tretmühle und Langeweile. Ich habe um Katharina einfach nicht gekämpft, sonst wäre ich womöglich noch mit ihr zusammen. Das ist mir durch dich bewusst geworden. Du nimmst dir etwas vor und ruhst nicht eher, bis die Sache nicht erledigt ist. Das bist du.«

»Sprich nicht mehr, Chrys«, flüsterte Mona. »Ich weiß nichts von dir, und du nichts von mir. Wir sind zwei Urlauber am Strand von Florida. Wir haben nichts zu verlieren, und wir müssen schnell sein. Sagt man das so im Deutschen?«

»Ich weiß es nicht. Vielleicht.«

»Ist auch egal. Selbst im Englischen könnte ich es nicht ausdrücken, wie schnell wir sein müssen. Leg dich auf den Rücken. Ich habe keine Kopfschmerzen mehr. Die chinesische Salbe von der katholischen Witwe ist richtig gut. Du kannst dir gar nicht vorstellen, wie viele Dollar ich für die Arztbesuche ausgegeben habe.«

»Siehst du. Keiner von den Klugscheißern kam auf die Idee, dir eine Kur am Geserichsee zu verschreiben.«

»Dreh dich um, Chrys. Ich möchte deinen Rücken massieren. Du hast diese schöne Rinne an der Wirbelsäule – ich nenne sie bei Männern den Andreas-Graben. Ich habe dir noch so vieles zu sagen ...«

»... und wir haben viel Zeit ...«

»Nein, lieber Chrys, nein ...«

Er wollte weitersprechen, aber ihre Hände glitten sanft über seinen Rücken und erwärmten seine Muskeln. Er musste auf einmal husten und presste sein Gesicht in das Kissen. Er hustete, und sie sagte: »Ruhig. Ganz ruhig.«

»Einmal darfst du dich so fühlen wie Gagarin«, fügte sie hinzu, während sie ihn massierte. »Du befindest dich jetzt in Monas Obhut. Du bist der erste Mann im Weltall.«

Noch nie hatte jemand mit ihm so gesprochen wie sie. Jemand?

Plötzlich drückte Mona seinen Kopf mit aller Kraft in das Kissen, sie hörte damit nicht auf und drückte immer kräftiger. Er schloss seine Augen, sie taten ihm höllisch weh. Er bekam Angst, er könnte ersticken. Er hatte den Wunsch, sich umzudrehen und Mona zu fragen, was willst du, was tust du da? Aber er war wie gelähmt und freundete sich schon mit der Dunkelheit des Kissens an. Sie floss dahin und endete an einer weißen Wand. Da war kein Durchkommen möglich.

»*Ja pierdolę!*«, versuchte er zu schreien. »Ich krieg keine Luft mehr! Du bringst mich um!« Seine Stimme wurde durch das Kissen gedämpft.

»Sei still«, sagte Mona. »Halt durch. Einmal möchte ich wissen, nur einen Moment lang, was damals mein Großvater gespürt hat, als er den Richard Schmidtke aufhängte.«

»Sag jetzt nichts. Bitte!«, verlangte Mona, als sie ihn losließ, und er endlich wieder atmen konnte. Sein Gesicht und Mund waren tränennass, er keuchte im selben Tempo wie Mona. Sie legte sich auf seinen Rücken und küsste sein Ohrläppchen und seinen Nacken. Er spürte ihre Möse, das feuchte Schamhaar und die Wärme ihrer verschwitzten Hände. Monas Hintern bewegte sich langsam hin und her. Sie begann zu schluchzen, es wurde still im ganzen Raum, und sie sagte: »Verzeih mir!«

»Es ist alles in Ordnung – sei unbesorgt!« Er wischte mit den Fingern über ihre Augen und strich ihr übers Haar, als sie einander in die Arme schlossen. »Tief in mir habe ich deinen Schrei gehört«, sagte er.

Am Dienstag war Onkel Erwin immer noch mit dem Räuchern der Aale beschäftigt. Er musste sie zum Ende der Woche ausliefern. Ihm zuliebe entschied Mona, den Aufenthalt am Geserichsee um einen Tag zu verlängern. Aber am Mittwoch sollte endgültig Schluss sein mit den Ferien im »Jeziorak«.

»Ich mag keine Abschiede«, sagte Erwin. »Man hat sich gerade aneinander gewöhnt, und schon muss man sich wieder trennen. Ihr reist ja auch weiter … Ausgerechnet nach Stutthof … Da ist doch nichts zu sehen – außer ein paar Baracken … Ich hoffe, dass es euch bei mir gefallen hat …«

Er war niedergedrückt.

Nachmittags war seine Arbeit beendet. Er hing die frisch geräucherten Aale auf der Terrasse zum Trocknen auf wie Wäsche, sie troffen vor Fett und reiften ein paar Stunden in der Luft, danach landeten sie auf Zeitungsblättern, die Erwin auf den Dielen ausgebreitet hatte. Er wickelte die Fische in das bedruckte Papier und brachte sie in den Keller der Touristenkantine, die erst in der Hochsaison ihren Betrieb wieder aufnehmen würde.

Das sonnige Wetter war vorbei, es wurde kalt, aber solange es nicht regnete, ließ es sich draußen am See und im Wald gut aushalten. Chrystian und Mona assistierten Erwin beim Räuchern, hackten Birkenholz für den Ofen oder gingen im Wald spazieren. Sie wollten vor der Weiterreise an das baltische Meer ausruhen und so gut wie nichts unternehmen, nicht einmal eine Spritztour nach Iława.

Über das, was nach der Rückenmassage passiert war, sprachen sie nicht mehr, auch wenn Chrystian mehrmals der Versuchung widerstehen musste, mit Mona eine Diskussion anzufangen. Hüte deine Zunge, sagte sie nur. Irgendwann reden wir darüber, aber noch nicht jetzt.

Am Abend kosteten sie wieder etwas vom Aalfleisch, das noch besser schmeckte als gestern.

»Schade«, seufzte Erwin. »Ich hab Ela eingeladen, aber sie musste absagen. Ihr Chef, der Bürgermeister, hat den Urlaubsantrag abgelehnt – ich werde ihn in den Boden stampfen, wenn ich ihn wieder sehe. Sonst wäre Ela jetzt bei uns.«

»Ich vermisse sie nicht«, sagte Chrystian.

»Jetzt übertreibst du ein wenig«, antwortete sein Onkel. »Ihr Name darf auf der Einladung zu eurer Hochzeit nicht fehlen, sonst bin ich beleidigt, und das will schon was heißen!«

Mona grinste, sie stützte ihr Kinn in die Hand und zog an ihrer Zigarette. An ihrer Bierflasche hatten sich Wassertropfen gebildet, die sie mit einer Serviette wegwischte.

»Es war ein Scherz, als Mona sagte, dass wir heiraten wollen.«

»Das nehme ich dir nicht ab. Einen alten Mann wie mich darf man nicht an der Nase herumführen. Wenn ihr mich für blöd haltet, wird das böse enden.« Er öffnete sich ein *Żywiec* und sagte: »*Na zdrowie!*«

Gierig trank er das Bier. Seine blauen Augen erhitzten sich. Er sah seinem Bruder Gustaw sehr ähnlich, er hatte nur kräftigere Arme, die mit dicken Adern bedeckt waren. Seine Haut war sonnengebräunt und trocken, im Gesicht hatte er tiefe Furchen.

»Herr Brodd«, sagte Mona. »Sie müssen sich nicht ärgern. Wir haben gescherzt, weil wir selbst ratlos sind. Wir waren sehr verblüfft, als wir aus heiterem Himmel festgestellt haben, dass wir ineinander verliebt sind.«

»Erstens, gutes Mädchen«, sagte Erwin, »du musst mich nicht siezen. Zweitens: Nichts geschieht zufällig. Aber wenn ihr eure Chance nicht nutzt, werdet ihr keine neue bekommen. Das Leben ist erbarmungslos. Es duldet keine Fehler. Ihr dürft nie wieder solche Scherze machen.«

Er lachte. »Schon gut. Ich traue euch zu, dass ihr die richtige Entscheidung trefft.«

Chrystian sagte: »Darauf sollten wir anstoßen. Aber deine Weisheiten kannst du dir in die Schuhe stopfen, dann wärst du wenigstens größer. Du redest wie mein Vater, der weiß auch alles besser. Viel wichtiger ist, dass du uns hier aufgenommen hast. Dafür sind wir dir sehr dankbar!«

Mona pflichtete ihm bei, sie stieß mit Erwin an.

»Ah! Vergesst es – das ist doch selbstverständlich! Ich liebe meinen Neffen. Du warst das erste und einzige Kind in unserer Familie. Ich hab dich gemeinsam mit deinen Eltern erzogen.«

»Das wollte ich ohnehin fragen«, sagte Chrystian. »Mein Vater will nicht darüber sprechen. Was war zwischen dir und meiner Mutter? Warum habt ihr euch so viel gestritten?«

Sein Onkel schaute stumpf in die Nacht. Der Strahler an der Decke glühte und summte wie ein Hornissennest.

»Tja! Ich dachte, du weißt das. Offenbar ist mein Bruder viel schwächer, als ich gedacht habe. Du wirst jetzt vielleicht staunen, aber ich war in Danusia sehr verliebt, und sie hat es gewusst. Aber ich hab mich nie an sie herangemacht – um Gottes willen –, weil ich Gustaw nicht verletzen wollte. Und jetzt, wo sie tot ist, kann ich es dir ja sagen: Deine Mutter war die Liebe meines Lebens. Sie selbst hat für mich allerdings nie etwas übrig gehabt.«

Er machte eine Pause, und Mona sagte: »Ein schreckliches Pech.«

Sie fasste kurz seine Hand an und blickte dabei auf Chrystian, den plötzlich nur ein Gedanke beherrschte. Einer? Nein, viele, die er in dieser Runde nicht aussprechen durfte. Sie kann sich erbarmen, dachte er, und wer ist schon dazu fähig, *cholercia*, wer? Erwinchen, deine Witwe etwa? Ich möchte, dass jeder Stern Mona heißt und alle Männer sie begehren. Onkel verzieh dich, geh endlich ins Bett, ich will Mona jetzt sofort, hier auf der Terrasse, auf dem Stuhl, inmitten all der Kiefern und Lärchen.

»Das ist noch nicht alles«, fuhr Erwin fort, nachdem er einen Schluck *Żywiec* getrunken hatte. »Eure Ausreise nach Deutschland habt ihr Danusia zu verdanken. Ich hätte es gern verhindert, hab vom Zusammenhalt der Familie geredet – dabei hab ich nur an mich und an meine Liebe gedacht. Ich konnte sie aber nicht aufhalten. Sie war Polin, aber sie wollte nicht in Iława bleiben. Einmal hat sie gesagt: ›In diesem Land werde ich nicht alt werden und sterben, nein, ich werde von hier fliehen und nie wieder nach Hause zurückgehen. Und da ihr deutschstämmig seid, kommt mir das sehr entgegen.‹ Sie hat dafür gesorgt, dass Gustaw die Ausreise beantragte, und weil sie es unbedingt wollte, hatte sie auch Erfolg.«

Mona stand auf, ging zu Chrystian, küsste ihn und setzte sich bei ihm auf den Schoß. Dann blickte sie Onkel Erwin an. »Das ist eine gute Geschichte, und dafür hat es sich gelohnt, hierher zu kommen.«

»Danke. Aber jetzt muss ich arbeiten. Es ist die Zeit der Stinte. Und grüßt mir herzlich meinen Bruder, wenn ihr ihn wiederseht. In Danzig solltet ihr allerdings bewachte Parkplätze ansteuern. Ihr könntet euch damit jede Menge Ärger ersparen.«

»Ich möchte auch noch eine Frage loswerden«, sagte Mona urplötzlich. »Johann Brodd – er war doch Koch. Und Landarbeiter. Er hat doch niemandem etwas Böses angetan, oder?«

»Es reicht, dass er von allem gewusst und nichts gegen solche Kerle wie Richard Schmidtke unternommen hat.«

Die Wochenendler waren längst abgereist, zurück nach Iława, Gdańsk und Olsztyn, und Onkel Erwins Häuschen war die einzige Lichtquelle im Ferienpark. Nachtfalter und Mücken attackierten den heißen rosa Strahler, und sobald sie mit dem glühenden Gitter in Berührung kamen, verbrannten sie in Sekundenschnelle. Sie benahmen sich, als wäre der Sommer ausgebrochen. Erst als es anfing zu nieseln, verschwanden sie wieder, und das Knistern der verbrennenden Insektenkörper hörte auf.

Mona wirkte abwesend, sie stierte reglos in die Dunkelheit. Sie streckte ihre Beine aus und sagte nichts mehr.

»Was ist los, Frau Juchelka?«

Sie schwieg, ihre Beckenknochen bohrten sich in Chrystians Oberschenkel. Dann stand sie auf, löste sich von ihm und nahm Platz auf der anderen Seite des Tisches.

»Vielleicht ist es falsch, dass ich nach Europa gekommen bin«, sagte sie. »Ich liebe zwar dieses Gefühl des Aufbruchs und des Reisefiebers – wenn du weißt, aha!, es passiert etwas Außergewöhnliches, du findest dich vielleicht sogar mit dem Gedanken ab, dass du dein altes Zuhause und deine Verwandten womöglich nie wiedersehen wirst, doch ich habe nicht geahnt, dass ich jemandem begegnen würde, dem ich mich präsentieren müsste wie auf einem Laufsteg.«

Chrystian trank aus seiner Bierflasche und steckte sich eine Marlboro Light an.

»Ich komme mir vor wie ein Go-go-Girl«, fuhr sie fort. »Du schaust mir die ganze Zeit zu und erwartest, dass ich mich entblöße. Ich will das auch tun, aber es fällt mir schwer, dir mein Herz zu öffnen, Chrys. Ich würde mich am liebsten dafür bestrafen – aber ich kann es nicht, ich schaffe es nicht, aus meiner Haut herauszukommen.«

Er sagte: »Du hast dich schon einmal vollständig vor mir entblößt: Ich habe deinen Schrei in mir gehört – mehr konntest du mir nicht schenken.«

»Wir wollten doch darüber nicht sprechen«, entgegnete sie.

»Mona, niemand zwingt uns zur Eile … – wie oft muss ich dir das wiederholen? Ich hab mit etwa zwanzig Frauen geschlafen, aber keine von ihnen war die Richtige, die Einzigartige, mit der ich hätte fliehen können. Deshalb lass uns nichts überstürzen. Und du musst das machen, was du für richtig hältst. Wenn du in Deutschland leben willst, tu es. Wenn nicht, geh zurück nach New York. Wenn du meinst, du erstickst in meiner Gegenwart, verlass mich.«

»Nein, Chrys. Du bist gut.«

»Du doch auch.«

Er schlug einen Gute-Nacht-Spaziergang zum See vor.

Mona holte aus der Küche eine Taschenlampe und einen Regenschirm. Sie lächelte wieder. Aus Erwins Zimmer hörte man das Schnarchen des alten Mannes, dem jetzt alle irdischen Sorgen bedeutungslos waren. Sie ließen das Licht über der Eingangstür brennen.

Als sie am Ufer angekommen waren, blickten sie unterm Regenschirm in den Himmel, und der Nieselregen benetzte ihre Gesichter. Über ihren Köpfen stand der Mond, der durch die Wolken rötlich flimmerte und in zwei, drei Tagen seine volle Größe erreichen würde.

»Eigentlich ist unser Mond hässlich«, sagte Mona. »Als kleines Mädchen habe ich mich gefragt: Wozu hängt jemand am Firmament solch einen gelben Teller auf, von dem man nicht einmal essen kann?«

»Hm! Ängstigst du dich in der Natur? Fühlst du dich am wohlsten in deiner Stadt? In Manhattan? In der Subway? Im Schatten der gläsernen Wolkenkratzer?«

»Vielleicht. Keine Ahnung.«

Er sagte: »Ich hab mal in einer Illustrierten gelesen, dass jeder Mensch bis zu sechzigtausend Gedanken täglich verarbeitet. Es ist mir jedoch noch nie in den Sinn gekommen, dass der Mond hässlich sein könnte. Kennst du dieses Gedicht von Bukowski?«

»Wie heißt es?«

»*Ein Genie*. Ein älterer Typ fährt mit dem Zug, und ein Junge, der neben ihm sitzt, schaut aus dem Fenster auf das Meer und sagt, *das is nich schön.*«

»Wahnsinn. Nenn mir ein paar *schöne Dinge*.«

»Später, Süße. Lass uns von hier verschwinden.«

Sie gingen frierend zum Haus, putzten sich die Zähne und krochen ins Bett.

»Die Plastikbeutel mit deinen persönlichen Sachen in deiner Handtasche, die sind schön«, sagte er, als sie unter der Decke lagen, eng umschlungen, um sich schneller zu erwärmen. »Und das Holzboot von Onkel Erwin ist schön«, fügte er hinzu. »Und *Spirit of Eden* von Talk Talk.«

»Talk Talk? Die sind in Amerika unbekannt.«

»Ich sag's dir, *Spirit of Eden* ist die beste Scheibe, die in den Achtzigern aufgenommen wurde. Ich hab sie damals Tag und Nacht gehört, und wenn ich sie heute auflege, werde ich immer noch heiß.«

»*Spirit of Eden* – ich werde alleine bei dem Titel schon kribbelig. Sagt man das so?«

»Ich hab dich schon verstanden.«

»Warum haben wir hier keinen CD-Player?«

»Weil wir doof sind. Wir haben uns schlecht vorbereitet.«

»Soll ich dir auch ein paar *schöne Dinge* nennen?«

»Nur zu. Ich bin gespannt.«

»Der Strand von Coney Island. Das Holzboot von Onkel Erwin. Mein Rucksack. Rudis Café. Dein Omegapunkt. Und die Stinte.«

»Die Stinte?«

»Ja. Erwin hat mich aufgeklärt. Sie sind makellos. Sie wissen, wann sie eine Party verlassen müssen, und das ist eine besondere Gabe.«

Ja, sie wissen, wann sie eine Party verlassen müssen, wiederholte er im Geiste.

»Und hast du ein Lebensmotto?«, fragte Mona.

»Nein.«

»Das ist schlecht.«

»Und du? Du hast natürlich eines! Verrätst du's mir?«

»*Alles oder nichts.*«

»Shit! Da kann ich nicht mithalten.«

Er küsste ihre Lippen und öffnete den Reißverschluss ihrer Jacke. Er schob ihr T-Shirt über die weichen Brüste, und ihre Brustwarzen erhärteten sich, sie bebte am ganzen Körper und atmete hörbar ein und aus. Ihr flacher Bauch hob und senkte sich, und als sie sich reckte, ihr Rumpf einmal hochging und unter ihrem Rücken ein Tunnel entstand, kamen Monas Rippen zum Vorschein, die Chrystian mit den Fingern betastete, Knochen für Knochen. Das, was er da gerade liebkoste und mit seinen Lippen zu erfassen versuchte, war ihm heilig und rein. Mona Juchelka konnte doch nicht für eine der Discovery-Sendungen der BBC, die in alle Welt ausgestrahlt wurden, ihren Körper ausleihen: So entsteht das Leben, so wird eine Eizelle befruchtet, seht zu! Er küsste erneut Monas Lippen. Als er mit der Hand an Monas Slip zerrte, sagte sie: »Bitte, sei nicht so hastig. Wir wollten doch geduldig sein. Und das sollte auch dein Lebensmotto werden: ›Ich bin geduldig!‹«

Ich bin geduldig!

Sie erwiderte seine Küsse und zog ihm den Pullover vom Leib.

Er musste kurz aufschreien, er hatte Mona nicht erzählt, dass ihm der rechte Arm vom Holzhacken wehtat.

»Du brauchst keine Angst zu haben«, flüsterte sie. »Ich werde dir nichts Schlimmes mehr antun.«

Sie umschloss ihn mit der Hand und rutschte nach unten. Er spürte, wie sie sich anstrengte. Es dauerte nicht lange, und sie schluckte sein Sperma, und Chrystian lachte, weil er so schnell gekommen war, aber er bereute es nicht. Er sagte: »Ich schäme mich ein bisschen, und das macht nichts.«

»Willst du mich auf den Arm nehmen?«

»Nein! Ich bin nur perplex. Normalerweise bin ich derjenige, der ständig nach mehr verlangt.«

Er kniff die Augen zusammen und blieb wie erstarrt liegen. Um ihn herum war es taghell. Seine Erinnerungen rotierten um all die Frauen, die er jemals verführt hatte, aber ihre Liebkosungen und Orgasmen waren ihm in diesem Augenblick gleichgültig. Sie kamen aus einer Leere, die keinen Namen hatte.

»Jetzt bist du dran«, sagte sie. »Und du kannst mit mir alles anstellen – was du willst.«

Er strich ihr übers Haar. Er musste über sich selbst staunen. Er hatte keine Lust auf noch »mehr Sex«. Nein, er war nicht müde, er konnte sich an seine intimsten Wünsche erinnern, o ja, er hatte nichts vergessen. Aber er war zufrieden, wie noch nie, und es reichte ihm, Mona in seinen Armen zu halten und nichts anderes mehr zu tun.

Er war erleichtert, als sie einschlief. Er sammelte gerade seine letzten Kräfte und beobachtete, wie Monas Wimpern zuckten – wo hast du sie bloß her, diese langen Wimpern? Er versuchte, ihnen in den Schlaf zu folgen, aber es funktionierte nicht.

Ich bin geduldig!

Um ein Uhr in der Nacht wurde er wach. Er fühlte sich auf einmal einsam. Er küsste Monas Stirn, um sie zu wecken – er wollte nicht allein sein. Sie regte sich zunächst nicht, sondern schien weiterzuschlafen, dann griff sie plötzlich nach seiner Hand und führte sie zu ihrer Möse, sie war feucht und angeschwollen. Ich hab gar nicht geschlafen, sagte sie mit heiserer Stimme, ich hab auf dich gewartet. Was du nicht sagst, entgegnete er, ich lauf doch nicht weg. Sie drehte sich auf die Seite, und Chrystian drang von hinten in ihre Spalte ein, streichelte ihre Brüste, spitzte die Lippen und schnaufte Mona ins Ohr; sie sagte, du kitzelst mich, und verschleierte mit ihrer linken Hand seinen Mund und die Nase. Ihre Finger berührten seine geschlossenen Lider. Es war endlich Nacht, seine alten Erinnerungen plagten ihn nicht mehr, und als er die Augen aufmachte, war das Zimmer überflutet vom Mondlicht.

Mona zog ihre Beine ein, und er packte sie an den Füßen. Er liebte sie, ihre kleinen Füße, er starrte sie an, und sein Hintern bewegte sich immer schneller und heftiger – der rechte Arm tat ihm nicht mehr weh.

Sie kamen das erste Mal gemeinsam zum Höhepunkt, und Mona drehte sich wieder zu ihm um und sagte, das ist unsere längste Nacht bisher, und wir werden nichts davon vergessen, Chrys. Er sagte, nein, das werden wir nicht.

Am nächsten Morgen regnete es in Strömen. Chrystian tastete vergeblich auf dem Bettlaken nach Monas Körper, stand auf und ging in die Küche, in Erwartung, dass in der Teekanne das Wasser brodeln und das Radio spielen würde. Aber das war nicht der Fall. Ihm schlug die absolute Stille entgegen, es gab keinen einzigen Ton, nichts.

Er schaute sich in der Küche um, dann ging er zurück ins Gästezimmer und sah, dass Monas Rucksack verschwunden war. Er geriet in Panik und durchsuchte das ganze Haus nach einer Nachricht von ihr. Ein winziger, handgeschriebener Zettel hätte gereicht: Chrys, bin mit Erwin zum Fischen gefahren! Deine M.

Ihr Rucksack ist weg, dachte er sich, und ihre Kleider ebenfalls, und sie hat nirgendwo eine Nachricht hinterlassen. Was hatte das zu bedeuten?

Er stürzte in Boxershorts und barfuß nach draußen. Das Erholungszentrum war wie ausgestorben. Er war tatsächlich allein. Der Regen war wie eine kalte Dusche, wie die Stimme von Kurt Cobain in *Rape me*. Und dann begriff er: Mona Juchelka war fort, und er konnte es förmlich riechen.

Wo bist du? Komm zurück! Der Wald schrie danach, der Geserichsee schrie danach.

Mona ist fort.

Er musste nur noch zusammenpacken und die Rückkehr seines Onkels vom Fischen abwarten, um sich von ihm zu verabschieden. Danach würde er losfahren, aber wohin?

Zurück auf die Autobahn? Aber welche? Richtung Leipzig, Bremen oder New York? Oder Stutthof? Solche Autobahnen gab es nicht.

Er konnte es nicht begreifen, dass Mona abgehauen war. Er ging resigniert und nass zurück ins Haus, schaltete sein Handy ein. Er würde Rudi anrufen. Er wollte ihm mitteilen, was passiert war, obgleich er wusste, dass dies keinen Sinn hatte: Egal, ich muss jetzt sofort mit jemandem sprechen, und Rudi ist der Einzige, der um diese Zeit mit Bestimmtheit zu Hause hockt. Er wird mir zuhören. Ich muss ihm sagen, dass ich nicht einmal ihre New Yorker Adresse und Telefonnummer habe. Ich habe sie mir nicht aufgeschrieben. Ich weiß über dieses Mädchen so gut wie nichts, Rudi. Ich habe sie einmal in mir so laut schreien gehört, dass es mich fast das Leben gekostet hätte – das ist alles.

Was soll ich jetzt tun? Wo soll ich sie suchen? Weder im Himmel, mein Lieber, noch im Nirwana, würde mir Rudi dann antworten.

Such sie auf der Erde. Bum Shankar!

Ich bin geduldig!

Fünfter Teil

1

Als das Flugboot, eine Do 24, vom Geserichsee abhob, war Richard Schmidtke seit einer Viertelstunde tot. Gerald Juchelka saß im Cockpit, öffnete die Flasche und nahm einen Schluck. Der Wodka brannte in seinem Mund, er brannte in seinem Magen, und Gerald Juchelka, der noch nie Alkohol getrunken hatte, übergab die Flasche an Jake, den er in Frankfurt angeheuert hatte. Jake war Pilot der Air Force und würde bald ein reicher Mann sein: Für den Flug nach Polen hatte ihm Gerald Juchelka eine astronomische Summe geboten, und für das Schweigen.

»Das hat verdammt lange gedauert, ich hab mir fast in die Hosen gemacht«, sagte Jake, nachdem er den Wodka probiert hatte. »Ich wollte schon los und euch suchen. Habt ihr den Typen wenigstens gekriegt?«

»O ja, das haben wir«, antwortete er. »Und jetzt nichts wie weg hier. Und bete zu deinem Gott, dass wir unterwegs von den Polen oder Russen nicht abgeschossen werden.«

Jake sagte: »Das will ich tun ... Berlin ist nicht weit ... Wir werden es schon schaffen ... Und meine Jungs warten auf uns ...«

Geralds litauische Kameraden waren im Laderaum untergebracht; angeschnallt wie Fallschirmjäger und schon gut angetrunken, pafften sie an ihren Zigaretten und seufzten vor sich hin. Sie waren hundemüde und würden bald einnicken. Sie hatten gute Arbeit geleistet.

Das Flugboot stieg langsam hoch, und die Flügel wippten so stark, als würden sie jeden Augenblick abbrechen.

An den Geserichsee würde er nicht mehr zurückkommen. Das Spiel war aus, und er freute sich, dass es endlich vorbei war. Er wollte nie wieder erniedrigt werden, durch niemanden. Er hasste nicht die Nazis oder die Deutschen, nein. Es waren die Menschen, die er verachtete, all jene Kreaturen, die jederzeit bereit waren, zu morden im Namen einer Ideologie, eines Führers, eines Gottes, und er sah keinen Unterschied zwischen den Nazis und Kommunisten – sie alle waren Gojim, gottlose Hunde, und selbst die Zionisten waren nicht besser.

Er hatte in Amerika eine polnische Jüdin aus Warschau kennen gelernt, Irena. Sie wollten bald heiraten. Aber er konnte trotzdem seine erste Frau und vor allem seine Tochter nicht aus dem Gedächtnis streichen – so vergesslich wie Hiob war er nicht. Im Gegensatz zum unbezwingbaren Hiob wusste er nicht, was mit seiner Familie geschehen war. Ob sie wirklich *alle* umgekommen waren? In irgendeinem KZ? Er hatte die Hoffnung, dass die beiden Frauen noch am Leben sein könnten, längst aufgegeben.

Wie viele andere, die sich gerettet hatten und in die USA ausgewandert waren, schlenderte er oft durch die Straßen von New York und Chicago und traf überall Untote – die verschwommenen Umrisse von Auferstandenen und Vergessenen, die ihm berichteten, dass sie die Hölle der Nazis überlebt hatten. Und er hörte ihnen zu, in einem Café oder Park – an die Auferstehung seiner Familie glaubte er nicht.

Kurz vor dem Abflug hatte Irena zu ihm gesagt: »Will dich das Schicksal wirklich als König – dann muss es dich erst noch krönen! Das, was du vorhast, nennt man nämlich Selbstjustiz.«

»Du liebst mich doch«, sagte er; sie sprachen miteinander Englisch und manchmal auch Jiddisch. »Vertrau mir, Irena. Wir müssen uns wehren. So eine Chance können wir uns nicht entgehen lassen.«

»Wo ist dein Mitleid? Warum kannst du diesem Menschen nicht vergeben?«

»Er ist nur einer von vielen – die meisten kommen unbestraft davon. Aber er ist da. Und das reicht aus.«

Er hatte Sehnsucht nach Irena. Er freute sich darauf, sie wieder zu sehen. Sie unterrichtete an der Universität Mathematik. Es hatte sich – auf den ersten Blick – nichts verändert. Sie war wieder Professorin geworden wie in Warschau. Hörte sie jemanden Deutsch sprechen, lief sie weg. Die Ohren taten ihr weh, nicht der Kopf, nicht die Seele. Sie würde das Gebrüll der Soldaten nie vergessen.

Er spähte aus seinem Fensterchen auf den Geserichsee und den Forst Alt-Christburg. Er bereute nur eines: Dass sie die Mutter von Richard Schmidtke geschlagen hatten. Aber es hatte sein müssen. Sonst hätten sie Wochen und vielleicht sogar Monate gebraucht, um das Versteck ihres Sohnes zu finden.

In New York würde er wieder seinen Geschäften nachgehen und Büros, Wohnungen und Häuser erwerben und verkaufen. Die Litauer Vladislav und Maks, die seine Angestellten waren, würden schweigen. Nein, sie würden sagen, ihre Geschäftsreise nach Europa sei ein großer Erfolg gewesen. Die Aufgabe, die man sich gestellt habe, sei erfüllt worden.

Der Pilot quasselte ununterbrochen, aber Juchelka hörte nicht zu. Es war, als würde im Hintergrund ein Radio leise spielen. Er war mit seinen Gedanken bei Irena. Er wollte sich ins Bett legen und in ihren Armen einschlafen, auf ihrer Brust. Tagelang nicht aufwachen. Er war nicht erschöpft, er brauchte nur die Wärme ihres Körpers. Wenigstens für eine Nacht, stellte er sich vor, will ich ihr König sein.

Wenn ihm einer früher prophezeit hätte, in seiner Jugend zum Beispiel: Gerald, Sie werden eines Tages einen Menschen töten, hätte er ihn ausgelacht. Heute wusste er, dass das ganz einfach war, jemanden umzubringen, dazu brauchte man nicht einmal Habgier, Eifersucht oder Wut. Das Ganze war viel einfacher: Er konnte nicht begreifen, warum Gott nichts unternommen hatte, als Richard Schmidtke sein Lager einrichtete. Unser Gott hat uns doch einen Messias versprochen, dachte Gerald Juchelka. Wo ist denn dieser Messias? Warum erschien er nicht auf Schmidtkes Hof, um uns zu retten? Wenn das so ist, dass wir allein sind, muss man die Dinge *selbst* in die Hand nehmen; wenn man sich auf niemanden verlassen kann, nicht einmal auf einen Gott, dann muss man auch allein handeln. Nein, ich hab nichts Falsches getan. Schmidtke war einfach dran. So einen wie Schmidtke zu fangen und vor Gericht zu stellen, ist schwer, denn solche Typen, die Namenlosen, sind unsichtbar. Sie können ihr Leben lang frei herumlaufen, und man sieht ihnen nicht an, dass sie gemordet haben.

Juchelka spähte aus seinem Fensterchen, beantwortete aus Höflichkeit Jakes Fragen, sah in die Tiefe, auf die Erde. Der Geserichsee ähnelte mehr und mehr einer Schlange, die sich im dunklen Moos verkrochen hatte. Wie eine Ringelnatter. Als dreizehnjähriger Junge hatte er die Ringelnattern in den Wäldern von Bromberg gejagt. Er sperrte sie in eine mit Heu ausgelegte Holzkiste und fütterte sie. Aber sie krepierten nach wenigen Wochen, weil er ihnen die Freiheit genommen hatte.

Er mochte den Anblick der Felder und der winzigen Dörfer und Städte. Erst als die Wolken auftauchten und die Sonne über ihnen, wurde ihm das Gequassel des Piloten zu viel.

»Sehen Sie sich das an, dieses weiße Meer«, sagte Gerald Juchelka. »Es ist so still.«